η《イータ》なのに夢《ゆめ》のよう

森 博嗣

KODANSHA NOVELS

講談社ノベルス

カバーデザイン＝坂野公一（welle《ヴェレ》 design《デザイン》）
フォントディレクション＝紺野慎一（凸版印刷）
ブックデザイン＝熊谷博人・釜津典之

目次

Dreamily in spite of η

by

MORI Hiroshi

2007

登場人物

深川《ふかがわ》　恒之《つねゆき》……………………………数学者
久慈《くじ》　昌山《まさやま》……………………………研究者
椙田《すぎた》　泰男《やすお》……………………………美術鑑定人
真鍋《まなべ》　瞬市《しゅんいち》……………………………芸大生
瀬在丸《せざいまる》　紅子《べにこ》……………………………科学者

赤柳《あかやなぎ》　初朗《はつろう》……………………………探偵
加部谷《かべや》　恵美《めぐみ》……………………………C大学２年生
海月《くらげ》　及介《きゅうすけ》……………………………C大学２年生
雨宮《あめみや》　純《じゅん》……………………………C大学２年生
山吹《やまぶき》　早月《さつき》……………………………C大学大学院M１
西之園《にしのその》　萌絵《もえ》……………………………N大学大学院D２
反町《そりまち》　愛《あい》……………………………西之園の友人
金子《かねこ》　勇二《ゆうじ》……………………………建設会社社員
国枝《くにえだ》　桃子《ももこ》……………………………C大学助教授
犀川《さいかわ》　創平《そうへい》……………………………N大学助教授
鵜飼《うかい》……………………………愛知県警刑事
沓掛《くつかけ》……………………………警視庁警部

「グレーテや、ちょっとばかりあたしたちのほうへおいで」悲しそうな微笑を浮べてザムザ夫人が言った。グレーテは死体のほうを振り返り振り返り、両親のあとについて寝室にはいった。手伝い女はドアを締めて、窓をいっぱいに開けはなった。朝も早いというのに、すがすがしい空気の中には、どこかに暖かさがまじっていた。本当にもう三月も末に近かった。

(DIE VERWANDLUNG／Franz Kafka)

プロローグ

「死んだ」と夫人は言って、たずねるように手伝い女のほうを見あげた。
むろん自分で確かめてみられたのであるし、確かめなくとも見ればわかることであった。

堤防の上から見下ろす風景は、低く平たく広がっていた。反対側の川原と比較してみても、どちらが低いのかわからない。かつては川の水が溢れ、水に浸かってしまった地域、あるいはそうしてできた土地ということができる。ところどころに小さな森が丸く水滴のように点在していた。その周辺には、散らばるように人家。それ以外は田園か、あるいは扁平な形状の工場らしき建物。

そんな水滴の一つ、堤防のすぐ下にある森が一番大きい。くすんだ黒い屋根が僅《わず》かに覗《のぞ》く。普通の民家よりは急勾配《きゅうこうばい》だ。森の入口、道路側には白い旗が数本立っている。

高い樹の下にも白い旗のようなものが下がっているように見えたが、何かはわからなかった。

深川恒之《ふかがわつねゆき》は、この堤防の道を毎朝歩いている。大雨の日や大雪の日以外は毎日だ。季節によって異なるものの、この時期ならば家を六時十分まえに出る。いつも同じ距離を歩き、同じ場所を眺めている。理由は特にない。ただこうしていると、自分の人生が、地球や社会の時間と重なり合っていることが多少は実感できるからかもしれない。もちろんそれは、彼の仕事がその両者から遠く離れていることに起因しているだろう。

この時刻に出歩いている人間は少なくない。ジョギングをしている者、犬を連れている者、川原で運動をしている者、いろいろである。平均年齢は高そうだ。深川がその平均的な歳といえるのではないか。

彼は走らない。ポケットに手を突っ込んだまま、ゆるゆると歩く。煙草も吸わない。汗もかかない。鳥を見ているわけでもなく、また写真を撮る趣味もない。風景を眺めているようで、実はそれほど見ていない。ピントが合っていないのだ。頭の中にある、もっと面白いものを見ているせいだった。

それが何かと問われると、上手《うま》く答えられない。彼は数学者である。しかし、頭の中にあるのは数でも記号でも数式でもない。もっと、ビジュアルな形のあるものだ。図形、立体、否、もっと次元の高いものまで、名づけがたい対象まで、考えることができる。たとえば、あるときは石垣のような模様だったり、柳の枝を真下から見上げたときの遠近だったり、螺旋《らせん》に縒《よ》られた色とりどりの紐《ひも》だったりする。考えるものは、そういった類《たぐい》のものであって、言葉ではもちろん、絵でも表現が難しい。模型を作ることもできないだろう。だからこそ、頭の中で取り扱われるのだ。それでも、いずれは頭の外に出さなくてはならない。そのときには、やむをえず次元を下げ、ほんの一部分が投影されることになる。そして、適当な近い意味を現有の言葉の中から見つけて、受け手の想像力に期待しつつ、投げつけるしかない。受け取れる者は限られている。世界に何人いるだろう。

目は、ぼんやりと外界を捉えている。橋の傍まで来て、ここで引き返すことになる。橋にはもう沢山の自動車が並んでいた。その先の信号が混み合うためだ。

向きを変え、家に向かって歩き始める、今度は太陽を背にする方角になるので、景色は穏やかで優しく見えた。帰ったら、コーヒーメーカのポットからカップへコーヒーを注ぎ、トーストが焼き上がるのを待ちながら新聞を読む。毎日同じルーチンである。もう二十年以上、同じではないか。若い頃、五年間ほど結婚をしていた時期があって、そのときだけは違っていた。思い出せば、それは苦いというよりは、微笑ましい。まるで子供のときの夏休みの思い出に近いものになりつつあった。

堤防を斜めに下りていく真っ直ぐな坂道のところまで戻った。下には、ちょっとした森、そして神社か寺院がある。下りていったことはない。白い旗には文字が書かれているようだが、彼の視力では読むことはできなかった。さきほど、樹に掛けられた垂れ幕のように見えたものが、光のせいか、今は違う形に見えた。

深川は立ち止まり、メガネに手をやって、そちらを凝視する。しかし、よくわからない。かなり高い樹ではある。

腕時計を見た。時刻は六時十分過ぎ。自分の影が堤防の道に長く伸びている。彼は坂道を下っていくことにした。

低くなるにしたがって、問題の白いものは見えなくなってしまった。手前の樹に隠れたからだ。神社は低い石垣に囲まれ、入口には、道路から数段上がる階段があった。旗には《杁州神社》とある。おそらく「いりす」と読むのだろう。このあたりの地名なのかどうかは知らない。近づいてみると、森はけっこうな大きさで、堤防の上から見た記憶がなければ、奥へずっと続いているようにも見える。神社の境内《けいだい》は、この森の内部といった様子で、取り込まれ、暗く静止した空気が感じられた。

階段を上がって、四角い石が敷かれた道を奥へ進む。鳥居をくぐり、少し上っていく。気温がここだけ数度低いような気がした。神社の建物はまだ見えない。鳥が羽ばたく音が高いところから聞こえる。人の気配《けはい》はなく、いわゆる寂しい雰囲気である。引き返そうかと幾度か思ったものの、建物くらいは見ておこう、と彼は考えた。

少し広い場所に出た。地面には灰色の砂利《じゃり》が敷かれている。木造の古びた建物が正面にあった。右手にも小さな屋根がもう一つ。

見上げる。久しぶりに空が。

そして、その空へ向かって真っ直《ます》ぐに伸びた松の樹。

上の方にだけ枝がある。

白いものは、枝の一つからぶら下がっていた。

下から見た構図では逆光になる。

けれども、水平方向から太陽に照らされ、それは輝くように白かった。

よくわからない。

見上げながら移動した。砂利を踏む音が鳴る。

何だ？

あれは……。

広場の一番端まで来て、じっとそれを観察した。

高さは、どうだろう、十メートル近くもある。樹の高さはもっと高い。その枝は、一番高いところから三メートルほど下になるだろうか。

メガネのレンズの距離を調節しながら、凝視し続けた。そのうち、それが人間の形にだんだん見えてくる。一度見えてしまうと、もうほかのものには見えなかった。

どうして、あんなところに人形が？

垂れ下がっているのは、足か。足が二本。

靴を履いている。靴底が見えているのだ。

手も垂れ下がっているようだ。

顔はよく見えない。髪か、あるいは帽子だろうか、黒っぽいものが覆っている。下を向いているのかどうかさえわからなかった。

人形だとしたら、あまりにも意味がない。しかし、本ものの人間だとしたら、さらに意味がない。

深川は周囲を見回した。空を見ていたせいか、暗い地面付近を観察するには光が足りなかった。しかし、特に異常だと思われる様子はない。当の松の樹の根元へも近づいてみる。数回、真上を見上げた。ほとんど垂直だ。落ちてきたら危ない。恐怖を感じるほどだった。

松の根元には、生い茂る雑草、そして地面を隠すほどの落葉。人工的なものは見当たらない。

もう一度顔を上げる。

やはり、人間か。

だとしたら、死んでいるのか。

生きているはずはない。

しかし、いったい、どうやってあそこまで上《のぼ》っていったのだろう。

上った？

あるいは、引き上げられたのか？

だが、周囲には梯子《はしご》も、ロープも、長い棒の類《たぐい》もない。

がさがさという物音が聞こえたので、振り返った。作業服のようなものを着た男が森の中から出てきた。こちらをじっと睨《にら》むような視線だった。

「あ、あの……」深川の方から声をかけた。「あれ、何ですか？」彼は上方へ指を向ける。

「え？」男は、こちらへ近づいてきた。

しばらく深川の顔を見ていたが、男は上を向く。

「ありゃ……」というのが、彼の反応だった。

「人間か人形だと思いますが」

「いや、そんなはずは……。悪戯《いたずら》かなぁ」

「あの、ここの方ですか？」

「はい」

「向こうから見たら、もっとよく見えますよ」

松の樹から二人は離れた。上を見ながら、後退する格好になった。

「人間ですよね」深川は口にする。

「いやあ、まさか……」

＊

加部谷恵美《かべやめぐみ》がこの奇妙な事件のことを知ったのは、同級生の雨宮純《あめみやじゅん》からだった。雨宮は、C大学から五キロほどの町に住んでいる。そこが彼女の実家で、子供の頃からそこにいるらしい。高校も大学も自宅の近くなので、まったく代《か》わり映《ば》えがしない、という話を二人はよくする。加部谷の自宅もそんなに遠くなかったからだ。ただし、つい最近、加部谷は大学の近くにアパートを借り、一人暮らしを始めたので、実家までの距離の差は二人の間では大きくなったといえる。加部谷のアパートが雨宮の家と近くなったため、雨宮は既に何度か遊びにきた。そんなこともあって、急速に親密になった友達といえる。

話によれば、雨宮の家から数百メートルのところにある神社で、今朝、首吊り死体が見つかった、という。

「絶対、夕方のニュースでやるでね、見なかんよ。うちの母さん出るでね」雨宮が歩きながら言った。

二人は、キャンパスのほぼ中央にある生協のカフェテリアに向かっている。これから行列に並んで、食券を買うところだ。

「首吊り死体くらいでニュースやるかな？」加部谷はきいた。「お母さんが出るって、何に出るの？」

「インタヴューだがね」

「インタヴュー？　なんで？」

「テレビ局のレポータが来てさ、どんなふうでしたかって、きいて回っとったんだがね」雨宮は目を見開いた。目から息を吸い込みたいみたいだった。「そりゃもう、近所中、大騒ぎだ」

「何？　お母さん、死体を発見した人なわけ？」

「違うけどぉ、でも、死ぬほど高いところにあったでね、そんなも、ちょっとやそっとで下ろせえせんがね。ほりゃあ、最初、消防車？　あれが来たんだけど、樹があって近づけんでいかんが。えっらい大変だったんだに。まあそんだで、みんな集まって、見物しとったわけだ」

「へえ、どれくらい高いの？」

しかし、ここで順番が回ってきて、販売機にコインを入れ、ボタンを押して、食券を購入した。加部谷はポーク・オムライスを選んだ。ときどき選ぶ定番のメニューである。雨宮はB定食を選んでいた。躰は細いが大食らいなのだ。二人は、トレィを手にして、次の列に並んだ。

「ほんでねほんでね、まあ、どうだろ、十メートルはあったかな」

「十メートル？　まさか」加部谷は笑った。「十メートルって、どれくらいか知ってる？」

「いやぁ、もっとあったかもしれんって。だで、消防車が来とったんだがね」

「十メートルっていったら、二階建ての屋根よりずっと高いよ」

「もっとあるって。とにかく、テレビでやるでね」

「うん、それが本当なら、やるかも」

調理場のカウンタで食券を出して、トレィに皿をのせてもらった。食堂は比較的混雑している。近くに空《あ》いた席は見つからない。一番遠いコーナへ加部谷は歩いていく。途中で、お茶を二つのカップに入れながら、雨宮を待った。B定食をのせた彼女が追いついてくる。二人は、テーブルの端に空席を発見し、並んで腰掛けることができた。

「それで、結局どうやって下ろしたの？」加部谷は一口めを食べたあと尋ねた。

「食事中に死体の話かよ」雨宮が息を吐く。味噌汁を両手に持っているところだった。

「まあ、あれだがね、レンジャ部隊みたいなやつが来とったで」

「嘘」加部谷は驚いた。「赤とか、ピンクの服着てた？」

「オレンジだったと思う」

「マスクとかは？」

「マスク？　花粉の？」

「違う。スパイダーマンみたいな」

「は？」

「レンジャって……」

「あ、それはゴレンジャだろ。ふっるぅ、あんた、あれ見とったの？」

「それが、上っていったの？　樹を」

「いや、見とらんから……」

「お母さんは見ていたんでしょう？」

「そこんところの解説はなかったなあ。きいといたげよか？」

「ふうん」加部谷はまたオムライスを食べる。「でもさ、そもそも、その人、その自殺した人？　うーん、他殺かもしれないか。どっちでも、ともかく、どうやって、そんな高いところまで上がったんだろう？」

「そりゃまあ、自殺だろ？」雨宮は答える。「他殺だったら、わざわざそんな目立つことせえせんて。自殺に見せかけるんなら、普通の高さに吊っときゃええじゃん」

「おお、そうか」加部谷は感心した。「純ちゃん、凄いね。頭冴《さ》え冴《さ》え？」

「まあ、自分で樹に上って、最後にひと花咲かせたんでない？」

「凄いひと花だよね。でも、梯子とかもなしに上った？」

「ロープがあれば、上れるだろう？　ほれ、樹の幹にさ、ロープを回して、するする上る人がいるがね」

「だったら、そのロープがどこかにあったはずだよね」加部谷は指摘する。

「あ、そうか……、そりゃ、あったんじゃない？」

「うん。でも、するかな、そんな危ないこと」

「一種、命がけだわな」雨宮が言った。「へたしたら、途中で落ちて大怪我だがね。自殺の途中で大怪我したら、幸か不幸かどっちだ？」

「死んでいたのは、どんな人だったの？」

「さあ、知らん」

「お母さんも知らない人だった？」

「うん」

そんな会話があった。加部谷はその夜、アパートのテレビでニュースを見た。事件のことは報じられたものの、雨宮の母親は登場しなかった。そのことで、すぐに雨宮から

「母さん出ず。残念！」というメールが届いた。

死んだのは、神社の近くに住む大学生の男性で年齢は二十一。松の樹の高さは約十五メートルで、ロープが結ばれていた箇所の高さは約十二メートル。その一メートルほど下で彼は首を吊っていた。どのようにして、その高さまで上ったのか、またどうしてそんな行為に及んだのか、といった点は謎であり、警察が調べている、とニュースは報じていた。

第1章　高い死に場所

「さて、これで神さまに感謝できるというものだ」とザムザ氏が言って、十字を切った。すると三人の女たちもその例にならった。

1

土曜日の午後、加部谷恵美は、雨宮純の家に遊びにいくことになった。雨宮が加部谷のアパートに来ることは幾度かあったものの、雨宮のところへ行くのは初めてである。赤い軽自動車を運転して、雨宮が迎えにきてくれた。彼女は運転免許を持っているし、普段大学へも、その赤い車に乗って通っている。彼女専用の文字どおりマイカーらしい。

車なら五分もかからない距離だ。車中で先日の首吊り自殺の話になったため、少し大回りをして、問題の神社の前を通ることになった。

「あそこあそこ」雨宮は指をさした。「ちょっと、寄ってくか？」

「行こう行こう」加部谷は躰を揺すって返事をする。

「やっぱ、こういうの好きな方だわな」

「好きな方かも」

鳥居をくぐり、神社の境内へ入っていった。鬱蒼《うっそう》と生い茂った周囲の樹々を眺めながら奥へと進む。広場のような場所まで来ると、雨宮が指をさした。

「あれ。あそこ」

「へえ、あの松の樹？」

建物があって、その近くに作業着姿の男がいた。大きなゴミ袋が近くにある。清掃作業中のようだ。こちらをちらちらと見ていたので、加部谷はその視線を避けて、別の方向を眺める。といっても、特になにがあるというわけでもない。問題の松の樹の下まで二人は近づいた。根元に小さな花が数本、ガラス瓶に差し込まれて置かれていた。

「こういうの、神社の中でもするんだ」加部谷は呟《つぶや》いた。

「なんで？」雨宮が横からきく。

「ん？　だって、神社なら、神様がいるわけだから、ここに花を生けなくても……」加部谷は建物の方を振り返る。「花はあっちに供えれば良いんじゃないかって、思わない？」

「あ、これ、何だ？」雨宮は膝を折って、その花の近くに置かれている布を指さした。鉢巻《はちまき》だろうか。白い布製の帯が無造作に置かれている。文字が書かれていた。

「死んだ人の愛用品？」加部谷も屈み込んだ。「誰かが持ってきたんじゃない？」

「ん、なのに……夢の……」雨宮が指先でその帯に少しだけ触れる。「よう……、か。んなのに夢のよう」

「その前に、なんか書いてあるでしょ」

「いや、ないなあ」立ち上がりながら雨宮が首を捻《ひね》る。「んがつく言葉って？」

「きんかん」

「きんかんなのに夢のよう」雨宮が言う。「わかんねえ」

「混沌《こんとん》」加部谷が答えた。

「混沌？　平仮名で書くもんだよ」

「じゃあ、うどん」

「うどんなのに夢のよう」雨宮が言った。「なのにっていうからには、夢とは反対のもんじゃなきゃいかんわな」

「うどんなんて、そんなに美味《おい》しいとは思っていなかったけれど、食べてみたら夢のように美味しかったたって」加部谷は解説した。

「ほう、それが座右の銘だったわけ？」

「うどんじゃないかもね」

「うどんなわけないだろ」

「座右の銘ってのも変じゃん」

「じゃあ、辞世の句か？」

「うーん」

二人は樹から離れ、来た道を戻ることにした。駐車場がなく、前の道路に車を駐めてきたので、そんなにゆっくりとはしていられない、という気持ちもあった。

「交通事故とかあった場所にもね、ああいう花が置いてあるでしょう？」加部谷は歩きながら話す。「私、あれが、よくわかんないんだよね」

「どうして？」

「だって、もうその場所にはいないわけだから」

「死んだ人が？」

「そう」

「じゃあ、どこにおるの？」

「どこにもいないよ」

「そんなこと言ったら、どこにお供えしてええのかわからんじゃん。お墓とか、いらんってことになっちゃうでしょ」

そうか、と加部谷は思い出す。雨宮の家は、石屋さんなのだ。その話は何度も聞いている。墓石も作ったりするにちがいない。

「だって、お墓ってのは、そこに死んだ人の躰の一部があるわけだよね」加部谷は話す。「でも、たとえば、病院で亡くなったら、病院にお花を生けたり、病院にお参りしたりする？　しないでしょう？　手術中に死んだら、手術室に花を置く？」

「そりゃ、嫌がられるわな」雨宮は笑った。「花が沢山ある手術室には、だあれも入りたくないがね」

「だから、死んだ場所に魂があるわけじゃなくて、やっぱり、死骸の近くにあるんじゃないかって考える方が自然じゃない？」

「魂なんてもんが、そんなやたらめったらあったら、今頃大変だよ」雨宮が石段を下りながら言った。

「どう大変なの？」

「想像もできん」

再び車に乗って、見晴らしの良い田園の道路を走った。雨宮家は、そんな田園に囲まれ、ぽつんと建っていた。工場のような灰色の建物がすぐ隣にあり、その前に大きな石が沢山置かれている。加工されて四角くなっているものや、灯籠もある。クレーンの付いたトラックが駐車されていた。

そのトラックの横に雨宮は車を駐める。助手席の加部谷はさきに車を降りた。工場の大きなシャッタが半分上がっていて、中に男が二人いるのが見えた。こちらを見ていたので、加部谷は軽く頭を下げる。運転席側から雨宮が回ってきた。

「お父さん？」加部谷は小声で尋ねる。

「うん。それと、兄貴」

「あ、お兄さんがいるんだ」

「そう。族だよ」

「ゾク？」

「うん、暴走族」

「あ、ああ、そうなの……。へえ、今どきね。今でも、活動しているの？　暴走族って」

「まあ、細々《ほそぼそ》とだわな」

「へえ……」

住宅の方は二階建てで、ごく普通の建物だった。それほど古いものではない。雨宮が玄関のドアを開けた。

「いらっしゃあい！」中から明るい声。中年の女性が目の前に立っている。顔が似ているので、瞬時に雨宮の母親だと断定できた。髪の毛がうす茶色だった。

「こんにちは。おじゃまします」加部谷はとりあえず頭を下げる。

「まあ、可愛らしい人じゃないのぉ。全然、違っとるがね、あんた」雨宮の母が早口で言った。

階段を上がって、二人は二階へ。雨宮純の部屋に入った。ベッドがあり、勉強机があり、本棚と小さなテレビ、それにはゲーム機が接続されたままだった。

「あのさ、どんなふうに私のこと話していたわけ？」加部谷はさっそくきいた。「どう違っているの？」

「いや、別に……」雨宮は床のクッションに腰を下ろした。「さってと、何しようか？」

アルバムの写真を見せてもらっているうちに、ドアが開いて、茶髪の母親がトレィに紅茶をのせて入ってきた。低いガラスのテーブルの上にカップを並べる。

「あ、なあにぃ？　なんで、カップが三つなの？」娘の雨宮が言った。

「ねえねえ、首吊りの話はした？」雨宮母が目を大きくして尋ねる。

「したした」

「凄かったんですよ」加部谷の方を見て雨宮母が言う。

「だから、したって！」

「あの、ぶら下がっているのを、ご覧になったんですか？」加部谷はきいた。我ながら少しは上品にしゃべることができた、と満足。これというのも日頃つき合ってもらっている先輩の西之園《にしのその》萌絵《もえ》のおかげである。

「そんな、ご覧になったというほどじゃないけどぉ、そう、見たよ」雨宮母は、自分が持ってきたカップにいち早く手をつけながら答える。「遠くからだけどね。初めて見たわぁ。首吊り死体なんてもん……。あ、どうぞどうぞ、遠慮せんといてね。加部谷さん、そういう話が好きなんでしょう？　ほら、えっと、殺人事件とかぁ、自殺とか心中とか」

「いえ、別に……」加部谷は笑って誤魔化した。

「毒殺とか、ガス爆発とか、あと、何？　えっと、拷問《ごうもん》とか」雨宮母は続ける。

加部谷は雨宮純の方をほんの一瞬睨みつけてやった。

「しかし、あれ、どうやってあんなとこまで上がったと思う？」雨宮母が尋ねた。

「どうだっていいじゃん」娘が言った。

「私はねぇ、ありゃ自殺じゃないって踏んどるんだけど」

「踏んどけば、勝手に」娘が顔をしかめる。

「でも、自殺じゃないとしたら、つまり、他殺ですよね」加部谷は話した。「他殺だとしたら、どうしてそんな目立つ高さに吊したんでしょう？」それは、雨宮純が話していたことだ。「普通の高さにしておいた方が、怪しまれないと思いますけれど」

「まあ、そうとも考えられるけどね」雨宮母は口を窄《すぼ》ませて、うんうんと何度も頷《うなず》く。「ほいだけど、高くすれば、そんなたちまちは見つからんだろって考えとらしたかもしれんし」

「そもそも、最初は誰が見つけたんですか？」

「さあ、よくは知らんけども、堤防の上を通りかかった人だって聞いたよ」

「そうですか」

「そっちから見えるとは、考えんかったわけだわな」雨宮母は話す。紅茶を一口飲み、あとを続けた。「あの下んところにいたら、滅多《めった》なことで空なんか見上げせんでね。いや、だって、あんた、だいたいあんな神社に行くって人が、ほとんどおらんでいかんがね」

「他殺だと、死体をあそこまで引き上げるのが、もっと大変になりますよね」加部谷は言った。

「どうかなあ。そこらへんは、近所でもこれといった意見は聞かんわねぇ」雨宮母は腕組みをして困った顔をした。

2

加部谷恵美のアパートまで、雨宮純が車で送ってくれた。引っ越してまだ間もないものの、荷物はだいたい片づいた。雨宮純は、今日は入らずにすぐに帰っていった。その一時間後、そろそろ夕食の支度をしようか、と考えているところへ、先輩の山吹早月《やまぶきさつき》から電話があって、これからそちらへ行く、食べるものを持っていく、という連絡が飛び込んできた。加部谷は驚喜して、急いで部屋をざっと片づけ、どきどきして待った。

インターフォンが鳴ってドアを開けると、予想どおり、山吹だけではなく、海月及介《くらげきゅうすけ》も一緒だった。

「わ、お揃いですね」

「実家から、うどんを大量に送ってきたから」玄関に入りながら、山吹が言った。膨《ふく》らんだ手提げ袋を持っている。「それで、出汁《だし》も作ってきた。鍋あいてる?」

「出張料理人ですか? ええ、鍋なら暇そうにしてますけど」

山吹はキッチンの方へずかずかと入っていく。ようやく、玄関のドアを海月が閉めた。

「うどんかぁ」加部谷は嬉しさを声にする。

「うどんだよ」山吹が真面目な顔で頷いた。

「なんか、そんな予感がしたんですよね」

「うどんの?」

「ええ、うどんの……」

「ふうん」キッチンの山吹は一・五秒後には視線を逸《そ》らしてしまった。深く立ち入りたくないようだ。

海月は、既に床に腰を下ろし、本を広げている。加部谷は、彼の横に膝をつく。

「海月君さ、力学の課題やった?」彼女は多少甘い声色《こわいろ》を交えて尋ねた。

海月及介は、山吹の親友だが、学年は加部谷と同じ。建築学科のクラスメートである。彼は無言で小さく頷いた。当然のことながら、彼がやっていないわけはないのだ。

「雨宮ちゃんと考えたんだけど、どうしてもわからないのが、一つだけあって……」

「最後の不静定《ふせいてい》の?」海月がようやく顔を上げて、口をきく。

「そうそう、それそれ」

というわけで、山吹がうどんの支度をしている間に、加部谷はテーブルにノートを広げて、海月に家庭教師をしてもらった。

「ああ、なんとなく、わかってきたかも」彼女は、計算結果を書き込んでから呟く。「しかし、なんとなく、ではいけないのだ。うん、テストに出たら解けないかもだ」

とても良い香りが部屋に立ち込めている。山吹は、冷蔵庫を開けて中を覗いていた。

「何しているんですか？」加部谷が立ち上がってきいた。

「いや、相変わらず、全然料理していないね……」山吹が言う。

「してますよ、ときどき……、まあ、主にトーストとかが多いですけど」

「ジャムはいろいろあるね」

「できました？」彼女はキッチンへ見にいく。「うどんかあ、うどんなんて、久しぶり。普通、食べませんものね、滅多に……、あ、そうだ、うどんなのに、夢のよう」

「は？」山吹が眉を顰《ひそ》めて、彼女を見つめた。「そんなに、食べたかった？」

「いえいえ、違うんですよ。えっと、その、雨宮ちゃんとこの近くの神社、知ってます？　首吊り自殺があったんです」

「ああ……、うん」山吹は頷く。「え、加部谷さん、話が飛ぶね。高い樹でやったっていうのじゃない？」

「そこ、見てきたんですよ、実は今日」

「そう……」

「凄いでしょう？」

「何が？」

「そしたらですね、首吊りの樹のところに、お花とかがあって、そこに、うーんと、布の鉢巻みたいなのが置いてあったんですけど、それに、書いてあって」

「何が？」

「んなのに夢のようって」

「うな？」

「んなのに夢のよう」

「ん？」

「ん」加部谷は口を閉じて喉《のど》で音を出す。

「んで始まるの？」

「ええ、いきなりです」

「その前があったけど、ちぎれてたんじゃない？」

「いえ、ちぎれていません。だけど、たぶん、それに近いでしょうね。なにかの続きだとは思います。だから、私、うどんかなって、考えたんですよ。うどんなのに夢のよう」

「どういう意味？」

「いえ、意味は、はっきりいって、ないですね」

「うん、ないね、たぶん」

出来上がったうどんを食べることになった。山吹は、鰹節《かつおぶし》や刻んだネギまでタッパに入れて持ってきたのだ。彼はこういう用意周到な人間なのである。加部谷の三年先輩で、大学院生だが、見るからに優等生っぽい。

器は不揃いだったが、テーブルにうどんが三つ並び、湯気を吹きながら食べた。

「おお、美味しい」加部谷は感激した。「コシが違いますねぇ」

「手打ちだから」山吹が答える。

「手打ちなんですか？　凄いですね。もしか、お姉さんが作ったんですか？」加部谷は割り箸で持ち上げた麵を眺める。「手打ちのほかには、何があるんですか？」

「は？　質問の意味がわからない」

「足打ちとか？」

「足打ち？」山吹が繰り返した。

「肘《ひじ》打ちとか？」

「本気で言っているの？　ひょっとして」

「だって、知らないから……。誰が、手打ちにしたんですか？」

「お殿様だよね」山吹が言って、途中から笑う。

横を見たら、海月も少し笑っていた。

「あ！　海月君、笑った」

既に、海月はうどんを食べ終わっている。どうやったら、この熱さのものをそんなに早く食べられるのか、加部谷には信じられない能力に思われた。

「イータじゃないかな」海月が囁《ささや》くように言った。

「は？」加部谷は椀を持ったまま、顔を横へ向けて、海月の方へ近づけた。

「イータ」海月の声が直進して耳の中に入ってきた。

音は入ってきたものの、しかし、まったく意味は解読できない。

「ああ……」山吹が目を見開いて、驚いた顔になる。「そうかもね。それじゃあ、あとで見にいこうか？」

「え？」加部谷は二人の顔を交互に見た。

「西之園さんにも連絡しないと……」山吹は、ポケットから携帯電話を取り出し、指を動かし始める。「あ、海月さ、お代わりがあるよ」

海月が音もなくすっと黙って立ち上がって、椀を持ってキッチンへ行った。加部谷はまだ半分も食べていなかった。

うどんを食べながらも、頭を働かせ、必死になって考える。

イータ？

聞き間違いだろうか。ヒータか？

しばらく沈黙の時間が持続。山吹はメールを打ち終わって、再びうどんを食べ、しばらくしてお代わりをしにいく。海月は二杯めもあっという間に食べてしまった。壁にもたれて文庫本を広げ、そこに視線を落としている。人の家に来て読書かよ、という不満は加部谷にはない。海月という男はいつもこうなのだ。

　山吹がうどんを食べ終わった頃、彼女は質問してみることにした。

「あの、イータって、何です？」

「ああ……」山吹が彼女を見て、まだそんなこと考えていたのか、という慈悲に満ちた笑顔になった。「ギリシャ文字のイータ」

「ああ、ギリシャ文字の……」と反射的に口にしたものの、まったく具体的な映像は頭に思い浮かばなかった。「どんなのでしたっけ？」

「えっとね、英語の小文字のｎ《エヌ》に似てるけど、最後を少し……」テーブルの上で人差し指を動かして、山吹が教えてくれた。「こんなふうに長くして」

「見たことないですよ、そんなの」

「かもね」山吹は簡単に頷いた。

「え、何です？　ということは、どういうことなんです？」加部谷はそこで言葉に詰まる。「あ、もしかして、あの首吊り自殺が？」

　なにしろ、それを的確に表現する言葉がない。「例の」とか「一連の」としか言えない。代名詞で「あれ」と言うことが多い。

　これまでにもあった。繰り返されている。共通しているのは、自殺に近い死に方をしていること、そして、ギリシャ文字が入った、意味のわからないメッセージが残されていることだった。

3

時刻は午後七時。真っ暗な夜道を三人は歩いた。杁州《いりす》神社までは二キロほどの距離ではないか、というのが加部谷の推定である。途中、歩きながら雨宮純にもメールを書いておいた。今、山吹さん、海月君と三人で神社へ向かっているのだ、と。

夜道の話題は、自殺者を高く吊り上げる、そのデコレーションに関するものだった。デコレーションという表現は、最初に加部谷たちが関わった過去の事件のときから強く感じられたことの一つである。

「はっきりとは、わからないけど」山吹が言った。「でも、なんとなく、ああ、なんか一連のものとして認めてもらいたいのかな、と感じるものがあって、一種のアピール？　そんな感じは受け取れるよね。現に、僕たちは、それに近い認識をしているわけだし」

「警察だって、マスコミだって、そうですよね」加部谷は言う。「やっぱり、バックでなんらかの組織が絡んでいる、という見方をしているみたいですよ」

「ただ、目的は全然わからないし、具体的に何をどうしようとしているのかもわからない。何なんだろう？　何が起きているんだろう？」

「直接の被害を受けるというより、気持ち悪いだけですよね」

「まあ、そこらへんが、宗教だよね。宗教って、だいたい、傍《はた》から見たら、そんなものじゃないかなあ。その中にいる人には、それが心の癒《いや》しになっているかもしれないけど、外側にいる人間にとっては、身近な知り合いがそんなところに引っ張り込まれたら大変だ、という見方をするわけだよね」

「だけど、どんどん死人が出ているっていうのは、客観的な事実なんですから、放っておくのも問題ですよ、やっぱり、ちゃんと首謀者を突き止めて、きちんとしないと」

「できるかなぁ、そんなこと……。お金が絡んでいたり、そういった方面で法律的な不正や違反がない限り、取り締まれない気がするけれど」

「今のところ、たしかに金銭的な被害っていうのは、テレビでもやってませんね。少しでもあったら、こういうの、すぐに出てきそうなもんじゃないですか、内部告発とか、それとも、途中で抜け出した人の証言とかで」

「ないね。本当のところ、実体もなにも、存在しないかもしれない。ただ、なにかあるんじゃないかって、具体的なものが存在するように僕たちが錯覚しているだけかも。うん、そんな気もしてきた」

国道を渡り、川が近づいてくると、あたりには建物が少なくなり、ときどきある電信柱の蛍光灯以外、明かりがなくなった。空が真っ黒よりは多少明るいグレィに見える。満月に近い月が東の空に浮かんでいて、それとは対照的に、地上付近が暗い。急に、風が冷たく感じられた。

「けっこう冷えますね」加部谷は息を吐く。「もっと、暖かい格好で来れば良かった」

堤防が近づいてきた。その手前に大きな黒い森がある。

「あそこですね」加部谷は言った。「うわぁ、なんか、スリルありそう。絶対に一人では来ませんよ、こんなとこ」

「首吊り自殺があったのって、いつだった？」

「うーんと、先々週ですね、たしか……」加部谷は思い出す。

「週末のニュースで見たんだっけ」山吹は言った。「それから、雨とか、降ったよね」

「雨？　あ、ええ、先週はずっと雨続きだったじゃないですか」

「だったらさ、花を置いたのは、そのあとってことになるのかな」

「え？　どうしてです？」

「いや、なんとなく。新しかった？」

「うーん。見たらわかります？」

加部谷は懐中電灯を片手に持っている。まだスイッチはいれていない。

神社の入口の石段を上がり、鳥居をくぐった。もの凄く暗い。すっかり闇の中だ。歩くのも危険なほどなので、加部谷は堪《たま》らず懐中電灯をつけた。

「ひい、何です、これ。こんなのありですか？　真っ暗ですよ」

「誰もいないみたいだね。神社に住んでいる人がいたら、こんなに暗くないんじゃないかな」

三人が砂利を踏む足音だけがぎしぎしと鳴る。

「海月君？　いる？」

「ああ」

「ちょっと、どうしよう……。恐くないですか？」

「転ばないように気をつけなくちゃ。足許がよく見えないよ」山吹が淡々とした口調で言った。「蝙蝠《こうもり》とかが顔にぶつかってくるかもしれないよ」

「え、本当ですか？」

「いや、嘘だけど」

「やめて下さいよ、そういうこと言うの」

「でも、ムカデとかが枝から落ちてくるよりは、だいぶましだと思うけど」

「え？　嘘」

「うん、嘘」

「海月君、いる？」

「ああ」

　奥へ奥へ、暗闇の奥へと進む。加部谷のライトが照らしている少しさきの地面。そこ以外に世界はない。

　ときどき、ライトを前方に持ち上げ、また、左右に振った。その周辺観察によって、ちょっとした広場に出たことがわかった。建物もあったが、照明は灯っていない。

　空を見上げる。周囲の樹々のシルエット。真上は、地上よりは明るかった。

「あの樹かな」山吹が指をさしたようだ。

「え、どれです？」

「ほら、あの一番高い、えっと、松かな」

　多少曲がっているものの、ほとんど真っ直ぐに天を目指して伸びているように見えた。高いところにだけ枝があるのか、ほんの僅かなシルエットだが、葉が茂っているのがわかる。

　ライトで照らして、その樹の根元を探した。雑草が生い茂っている地面。しかし、半分は枯れているように見えた。

　花が置かれていた。ガラス瓶に水を入れ、それに差してあるのだ。ガラス瓶は、土に穴を掘り、倒れないように少し埋めてあった。そのほかには、これといったものは見当たらない。

「あれぇ、ないなあ」加部谷は懐中電灯を動かして、その周囲を探した。「ここにあったんですけど、鉢巻みたいなの」

「誰かが持っていったんじゃない？」山吹は言った。

「あんなもの、持っていくかなぁ」加部谷は口を尖《とが》らせる。しかし、この照度では顔は見えないだろう。

後方で物音がした。

加部谷は振り返って、暗闇を見る。

それから、懐中電灯をそちらへ向けた。

「なんか、今、音がしませんでした？」

「近くを車が通ったのかな」山吹が言う。

彼は上を向いているようだ。加部谷ももう一度、松の樹の先を見上げた。

「高いですね。上れませんよね」

「いや、上れると思う」山吹は言った。「ロープがあればね」

「でも、昼間じゃないですよ。こんな暗闇の中で、上っていったんですよ。恐かったでしょうね」

「まあ、自殺する人間なんだから、恐いということは、どっちでもいいんじゃない？」

「勇気がいりますよ」

「うん、まあ、そうかな」

後方で砂利を踏む足音が聞こえる。

「あれ、海月君？」加部谷は、ライトを左右に振った。「どこ？」

海月の姿がない。

「どこへ行っちゃったんでしょう？」

「さあ、そのへんにいるんじゃない」ぼそっと山吹が言う。その言い方が恐かった。もしかして、既に本ものの山吹早月ではなかったりして、と加部谷は発想する。

そっとライトを山吹の顔に向けた。

「うわ！　眩《まぶ》しいなあ」

「すみません。本ものでしたね」

「本ものって？」

「あ！」小さく叫んでしまう。「あれ」

「え？」

「あそこ」

加部谷は指をさす。少し離れたところに、小さな明かりがゆらゆらと動いていた。それに、足音らしきものが聞こえる。音はだんだん、大きくなる。

白い明かりも次第に大きくなった。加部谷はそちらへ懐中電灯の光を向ける。向こうも、こちらを照らしてきた。

眩しいので、思わず片手を目の前に翳《かざ》す。

走り寄ってくる。

「加部谷かい？」

「ああ、なんだ、雨宮ちゃんか」加部谷は溜息をついた。「びっくりしたあ」

「肝試《きもだめ》ししとるの？」雨宮がきいた。

「違うって」

「あ、山吹さん、こんばんは」雨宮が言う。

「こんばんは、顔見えないけど」山吹の声。

「ありゃりゃ、もしか、二人だけ？　こりゃあ、いけんいけん」

「違う違う、海月君がどこかにいる」加部谷は言った。

「あっちじゃないかな」山吹が建物の方を指さしたようだ。

「それよりもね、ほらほら、ないの」加部谷は、松の樹の根元にライトを向けた。「昼間に見たあれ、字が書いてあったやつ」

「あれ、ホント。ほんじゃあ、警察が持ってかしたんだがね、きっと」

「え、警察？　来たの？」加部谷は尋ねた。

「うん、夕方にパトカー見たでね。毎日、来とるよ、最近まだ」

「ふうん。そうか、証拠品ってことなんだね」山吹が言う。

彼が建物の方へ歩き始めたので、加部谷もそれについていく。雨宮純が加わったことで、恐さは半減したといって良い。

木造の建物は、格子状の扉が一部壊れていた。もう修理もされずに何年も経過している様子だ。音がしたので、加部谷がライトを向けると、奥の方に海月及介が立っていた。

「いたいた」加部谷は近づいていく。「何してるの?」

「いや」海月は空を見上げていた。

彼女も上を見たが、近くの樹の枝がオーバハングしているため、空はほとんど見えない。

「ありゃ、これこれ」雨宮が呼ぶ声。

雨宮のライトが照らすものを、山吹が覗き込んでいた。加部谷と海月も近づく。建物の正面に近い位置の壁際だった。木製の札のようなものが幾つかある。

「絵馬だね」山吹が言った。

「エマって?」加部谷は尋ねる。

「絵の馬だよ」山吹の簡単な返答。

しかし、見たところ馬の絵は描かれていない。ほかにあったものは、山と川と太陽の風景が簡単に描かれているが、一つだけ裏返っているのか、絵がなかった。そこに細い文字だけが書かれていた。万年筆だろうか、木面に書いたため、引っかかったような筆跡でぎこちなかった。

ηなのに夢のよう

「ほらほらほらぁ」雨宮が言った。「まただがね」

「うん、そうそう、それそれ」加部谷も頷く。しかし、何がそうなのかは、自分でもよくわからなかった。

山吹がそれに手を伸ばし、裏側を見ようとしたようだが、思いとどまった。加部谷も、なんとなく触らない方が良い、という予感が働いた。

「お呪《まじな》いかな?」加部谷はきいた。

「絵馬っていうのは、そもそも、お呪いなんじゃないかな」山吹が答える。

彼は携帯電話を近づけ、フラッシュを光らせてそれを撮影した。

ほかの絵馬にも、それぞれ光を当てて見ていった。同様の文字が書かれたものはない。

「これも、証拠品として、警察に知らせた方が良いかも」加部谷は思いつく。「西之園さんに話してみようか」

「誰、ニシノソノさんって？」雨宮がきいた。

「うんと、山吹さんの講座の先輩。あ、ほら、白いスポーツカーの」加部谷は話す。以前に、雨宮と一緒のときに、駐車場に入ってくる西之園萌絵の車を見たことがあったのだ。

「ああ、あの人か」雨宮が頷いた。「すっごい派手な」

「まあ、派手さでいったら、雨宮ちゃんの方が……」

「え？」

「なんでもないなんでもない」加部谷は言う。「寒いなあ、もう帰りません？」

「うん……」山吹が暗闇で返事をする。「そうだね」

海月の姿がまた見えなくなっていた。

4

雨宮純の軽自動車に乗って、加部谷のアパートまで戻った。雨宮が加わったことで、かなり場が和《なご》んだことはまちがいない。ほとんど、女子二人が会話をして、そこへときどき山吹が口を挟む程度である。これまでの三人では、おしゃべりがどうしても続かなかった理由がはっきりとわかった、と加部谷は納得した。

山吹がコーヒーを淹《い》れてくれた。その豆も、彼が先日持ってきてくれたものである。低いテーブルにコーヒーカップが四つ。周りに四人が座っている。海月だけは、テーブルから離れていて、壁に背中をつけていた。もちろん、片手には文庫本を持っている。非協力的、非友好的な態度であるが、彼の場合はもうみんなが諦めている。本を読んでいても、彼は話を聞いているのだ。尋ねれば、ちゃんと返事をするか、それとも無視されるか、それは尋ねた内容の有意義さに依存している。

「へえ……」雨宮は口を開け、舌を少し出した。「よくわからんなあ、それ。うーんと、結局、何がどうしたいの？」

η《イータ》の絵馬が見つかったので、過去に加部谷たちが経験した事件のことを掻《か》い摘《つま》んで説明した。もちろん、それらのアウトラインについては既に、加部谷がほとんど雨宮に話していたことだ。今まで話していなかったのは、まさに、そのギリシャ文字の関連だった。

「わかんないでしょう？　うん、私もわかんない」

「わからないもんなんじゃないかなあ」山吹が発言したので、加部谷はそちらへ顔を向ける。「うん、つまりね、名前っていうのは、そういうもんだよね」

「名前？」加部谷は顔を傾ける。

「たとえば、女五人姉妹の家があって、名前がさ、うーんと、カナコさん、キヨミさん、クミコさん、ケイコさん、コマキさんだったら？」

「カキクケコ？」加部谷は言う。

「あ、すっご！」雨宮が声を上げる。

「うん、そういった関連は観察されるけれど、でも、特に意味があるわけじゃないよね。単なる名前なんだ」

「どうしてカキクケコにしたのかっていう、動機がないってこと？」加部谷は尋ねる。

「そう」

「でも、偶然ではないですよね？」

「偶然ではない。でも、なんとなく、まあ、面倒だから、そうなっただけかもしれないし……」

「ねえ、サシスセソでも、やって下さいよ」雨宮が言う。

「私がやったげる」加部谷は雨宮を睨んだ。「サトシ君、シゲル君、ススム君、セイジ君、ソ……、えっと……、ソ」

「駄目じゃん」雨宮が笑う。「ソは、やっぱ、ソウタロウ君だよ」

「何の話？」加部谷は口を尖らせる。

雨宮がいると、場は盛り上がるし、おしゃべりも続くが、話題が逸れる、というデメリットがわかった。

「ねえ、あの、樹の高さ、どう思いました？」加部谷は話を戻し、山吹に尋ねる。「えっと、つまり、どうやったら、あそこで首を吊れるのか、ということですけど」

「あれはね、クレーンを使ったんだに、きっと」雨宮が横から言った。

「クレーン？」加部谷は、もう一度、雨宮の方を見る。

「そうだがね。クレーンにきまっとるが」

「誰がクレーンを動かしたの？」

「そりゃあ、知らんけども、あの死んだ人に頼まれた誰かだわな」眉を上げて、雨宮がぼんやりした顔を強調した。

「ああ、つまり、自殺を演出したってことだね」山吹が言った。

「ええ、そうですそうです」雨宮が嬉しそうに頷く。

「そんな補足しなくてもいいです」加部谷は山吹に抗議の視線を送った。「馬鹿じゃないですか、そんなことする人、いる？　犯罪だよ、死ぬまえに協力したら自殺幇助《じさつほうじょ》？死んでからやったら、死体遺棄じゃない？」

「いや、あれは、やっぱり」山吹が言った。「本人があの樹に上っていって、自分でロープをかけて、首を吊ったんじゃないかなあ」

「うーん、だったら、長い梯子くらい使ったんじゃないですかね」加部谷は言った。

「となると、あ、その梯子は……、えっと、誰か友達が持って帰ったとかですか？」

「加部谷さん、それじゃあ、クレーンと同じだよ」山吹が言う。

「そうだそうだぁ、馬鹿じゃない？」雨宮が指をつきつける。「いるか？　そんな奴」

「くっそう……」小声で呟く加部谷。なんか無性に腹立たしい。「だけど、今のところ、自殺なんですよね？　他殺だったら、発表されて、もっとニュースになっているはずですから。もう二週間近く経っているわけだし」

「あ、そうそう……」雨宮が指を一本立てる。「私、思ったんだけど、あれね、たまたま発見されたわけだ。けど、もしか、いつまでも見つからんかったら、どうなっとったと思う？　あんがい、あそこ、見つかりにくい場所だと思わん？」

「どうなるんだろ？」加部谷は想像する。「干物《ひもの》みたいになるのかな？」

「干物？　ひえぇ！」少し遅れて雨宮が声を上げる。「気持ち悪ぅ！」

「首が切れる」海月が下を向いたまま言った。

「わ……」雨宮がびくっと躰を震わせる。「たぶん、腐って、ちぎれるんじゃないかな。数日で」

「ああ、そうかな」山吹が言う。「しゃべった」

「ちぎれるぅ……」顔を歪《ゆが》めて雨宮がリアクション。「てことは、何、胴体だけが落ちてくる？　あ、頭も落ちてくるか。きいぃ、転がってくる？」

「ねえねえ、η《イータ》っていう文字の説明をして下さいよ。あんな文字、私、見たことなかったですよ」加部谷は話題を変えようとした。

「頭がごろごろ転がってくるんだに」雨宮が言う。「森を抜けて、外まで転がってきて、石垣を落ちて、U字溝に塡《はま》って……、ひぃぃ！」

「あ、そうだ。雨宮さん、うどん食べない？」山吹が突然きいた。

「え、うどん？　あ、食べます」雨宮は瞬時に笑顔に戻った。

「何っちゅう会話？」加部谷は溜息をついた。雨宮も雨宮だが、山吹も山吹だ、と思う。

救いを求めて海月を見た。本を読んでいた顔が上がり、ちらりと加部谷の視線を受け止める。

「アルファベットのH」海月が言った。

海月及介のことが好きになるのは、こういった瞬間だ。しかし、一瞬である。海月は、また顔を下に向けてしまった。ようするに、瞬間で終わってしまう儚《はかな》い夢なのである。

5

　翌々日の夕方、講義が終わったので、加部谷恵美は海月及介を誘って、山吹のいる研究室へ向かった。

「あのね、今、ちょっと考えたんだけれど」階段を下りながら、彼女は話す。「普通に自殺するのと、世間で注目されるような方法で自殺するのと、本人にはあまり関係がないけれど、本人の家族？　遺《のこ》された人たちには、影響が大きいよね？」

　海月は頷きもしなかった。しかし、一度だけ視線を彼女の方に向ける。それが彼の反応としては、ごく平均的なもので、普通の人間でいえば、「うん、そうだね」という相《あい》槌《づち》に近い反応であることを加部谷は知っている。

「でさ、遺された人の立場に立つと、やっぱり、嫌だと思うわけ、そういう死に方って。自殺されるのだって、嫌なのに、そのうえ、そんな晒《さら》し者《もの》みたいになったっていうことが。ね、そうでしょう？　だからつまり、そう感じてほしい、というか、うーん、まあ一種の仕返しみたいなもの？　そんなところがあったってことじゃない？」

　今度は海月は小さく頷いた。

「やっぱりそうだよね。家族か誰か、身近な人に対する不満があった、ということだよね。関係がない人間には、影響がないもんね。レンジャ部隊の人に、多少迷惑がかかるくらいで」

「通常、自殺というのは、本人にとって、最も簡単な手法が選択される」海月が言った。

「うん」加部谷は頷いた。海月の言葉を引き出すことは、けっこうな醍醐味《だいごみ》である。

「どうして、簡単な手法が選ばれるわけ？」

「難しい手続きこそが、生きていくこと、生き続けることの象徴だからだろう」

「ああ……」彼女は口を開けて、彼の言葉を頭の中で何度か繰り返した。

象徴、象徴、象徴、と。

多少意外な、けれども納得させられそうな海月の意見である。

「死にたい人は、そんな面倒な真似はしないってことね。だけどね、ホームから電車に飛び込む人なんか、ほかの人間には迷惑だし、逆に、その迷惑をかけたいわけでしょう？　自分の命がなくなるのだから、周囲もそれくらいはダメージを受けてほしいって。絶対そう思っているよね？　なんとなく、そこだけは、社会の一員としての未練があるわけじゃない？　山奥へ入っていって、ひっそり死ぬ人よりは、まだ社会性が残っている感じ。いや、待てよ……、でも、ひっそり死ぬ人の方が、他人に迷惑をかけたくない、と考えているわけだから、むしろ社会性があるってことなのかなあ。ああ、そうだよね。自分が死んでも、家族は遺る。そういう身内に少しでもダメージが及ばないようにって考えたら、ひっそりいなくなって、誰も知らないうちに死ぬのが、一番順当だもんね。それって、社会性があるってことになるか」

海月の方を見る。彼は小さく頷いたようだった。

山吹のいる部屋は、研究棟にある。加部谷や海月も所属する建築学科の国枝桃子《くにえだももこ》助教授の研究室だ。国枝助教授の個室の手前に、院生や研究生、留学生たちがいる大部屋がある。加部谷も海月もまだ学部生だが、毎日のようにこの院生室に顔を出すようになっていた。

ドアをノックして入る。部屋の奥のデスクに西之園萌絵の顔が見えた。ほかには、留学生が二人。中国人と韓国人である。山吹早月の姿は見当たらなかった。

「こんにちは」加部谷は頭を下げる。

留学生が二人、曇りのない笑顔で応える。西之園は、キーボードを打っていたが、数秒遅れて立ち上がり、手前に出てきた。

「山吹君から聞いたよ」そう言って、西之園は、ゼミ用の大きなテーブルの椅子を引いた。

相手をしてくれるようだ、と加部谷は嬉しくなる。さっそく西之園の隣の椅子に座った。海月はいつも、一番壁際の椅子に座る。そこがこの部屋では一番死角になりやすい彼の定位置だった。

　西之園は珍しく短めのスカートで、軽やかなニットのカーディガンを着ている。組んだ脚には、白いショートブーツ。西之園が身につけていると、なんでも羨《うらや》ましくなる。彼女は山吹よりもさらに先輩で、ドクタ・コースなのだが、実はこのC大の学生ではない。那古野《なごの》のN大に在籍している。研究テーマの関係で、この研究室に来ている、ということのようだった。加部谷には、そのあたりの詳しい事情は今ひとつ理解できない。ただ、西之園は、既に学生というよりは、限りなく先生に近い存在だった。加部谷が中学生のときからの知り合いだったから、ますますそう感じるのかもしれない。

「山吹さん、どうしたんですか？」加部谷は尋ねる。

「今、国枝先生のとこ」西之園が顎を上げる。「絞《しぼ》られていると思うよ」

「ぎゅっと？」思わず片目を細くしてしまった。酸っぱい感じである。

「ぎゅっと」西之園は小さく頷いた。「でも、それより、もっと凄い話があるんだ。ηの関係で」

「イータ？　ああ、ηですね、そうそう、覚えました」

「今朝、別のところで、また首吊り自殺があったの。ニュースにはまだなっていない。夕方か、それとも明日かな、報道されるのは」

「え、どうして……」それを知っているんですか、ときこうと思ったが、それはもう百も承知である。西之園には、いろいろなコネクションがあるのだ。なにを知っていても不思議ではない。そういうスペシャルな人物なのだ。

「まだ、連絡があったばかりだから、今夜にでも、詳しく話を聞いてこようと思っているところだけれど。ηなのに夢のよう」

「やっぱり、それが？」

「そうみたい」

「近くですか？」

「那古野の南の方。近いというのか、遠いというのか」西之園は話す。「死んでいたのは、若い男性で、まだ身元は確認されていないらしいわ」

「あの……、高いところに？」

「五メートルくらいだったとか」

「樹ですか？」

「ええ」

「五メートルじゃあ、そんなに高くありませんね」

「でも、下が池だった」

「池？」

西之園の説明によると、那古野の南区にある公園の敷地内で、その首吊り死体が見つかった。発見したのは、朝、その公園を通りかかった老夫婦だったという。

その池にはボートハウスがあって、昼間には、有料でボートを借りて乗ることができる。ボートハウスとは正反対の北側に、小さな島がある。大きさは直径五メートルほどだ。岸から距離は約二十メートルの位置である。島には樹木が生い茂っていて、その中のうちの一本の枝に、死体はロープで宙づりになっていた。池の上に伸びた枝だったため、下は水面だったという。

「ちょっと不思議なのは、つまり、どうやって、その人がその島に行ったのか、という点」西之園は話す。「それから、私にこの情報が流れてきたのは、《ηなのに夢のよう》と書かれた札が、枝に残っていたからなの」

「札ですか？」

「絵馬みたいな」西之園が言った。

「ああ、絵馬、絵馬、ええ、絵馬。知ってます」加部谷は大きく頷いた。「同じですね」

「一昨日《おととい》の夜、見つけたんでしょう？　警察が杁州神社にも再調査に行っているはず」

西之園は天井へ視線を向ける。「死んだ人、二人につながりがあったと考えるのが普通だよね」

「ですよねぇ……、あ、えっと、どうやって島に行ったのかっていうのは、どういうことですか？　ボートがなかったから？　泳いでいったんじゃないんですか？」

「服が濡れてなかったし、それに、島の周囲は、簡単に上れるようなふうじゃないって
いう話だった。私も現場を見たわけじゃないから」

「あ、じゃあ、クレーンですね、きっと」

「そう、重機でも持ってこないかぎり、簡単にはできないみたい」

「服をビニル袋に入れて、頭の上に載せて泳ぐんですよ。それで、ロープとかを投げ
て、どこかに引っかけて、なんとか這い上がって、それから、服を着て、首を吊った、
と」加部谷は早口で言った。

「うん」西之園は優しい表情で微笑んだ。「そうね。そうかも」

「あと、長あい棒を持って、猛烈に走って、棒高跳びみたいに、ぽーんと……」

「うん、でも、二十メートルだよ」

「じゃあですね、折り畳み式の梯子を載せて、ボートで島へ渡って、えっと、それか
ら……、そのボートに乗って、梯子を持ち帰った友達がいるんです」

「そうそう、だいぶまとも」

「ですよね、あ、似てますね。神社の松の樹のときと」

「誰か、協力した人間がいるんじゃないかってところが？」

「θ《シータ》のときとも、似ていませんか？」

「どこが？」

「えっとぉ、まずは、変なメッセージが残っているのがですけど」

「どう似ている？」

「自分たちが死んだのは、なにか、うーん、もっと大切な神様みたいな存在を信じているからなんだって、そういうことを世間に訴えている感じがします」

西之園は無言で頷いた。そして、振り返って、テーブルの隅に座っている海月及介を一瞥《いちべつ》した。海月は、本を読んでいたが、気配を感じたのか、目だけを上げた。しかし、表情は変わらない。西之園を一瞬だけ見て、そのあと加部谷を見て、また本に視線を落とした。

加部谷は考えた。何のために自分の命を捧げるのだろうか。否、そうではない、捧げているのではないだろう。単に、気に入らないこの現実から逃げようとしたのではないか。しかし、もしそうならば、何故、そんなメッセージを残すのか。それをすることで、何が得られるだろう？　不思議だ、まったく理解できない。そもそも、生きている者、生き続けられる者には、理解が及ばないことなのだろうか。

「でも、テロとかも、私たちには、理由がわからない、という意味では同じですよね」考えながら加部谷は話した。「自分の命を消すことは、一種のテロみたいなものかもしれないじゃないですか。社会の一部を壊す、そうすることで、なんらかの抗議をする、というのと同じ発想の自殺っていうのも、あるんじゃないですか？」

海月を見ながら話していたのだが、彼がまた目を上げて、加部谷をじっと捉えた。ちょっと恐いくらいの顔に見えた。今にもなにか言いそうなふうに思えたのだが、結局、彼の口から言葉は出なかった。

「テロだったら、もっと要求をするなり、わかりやすいメッセージを残すんじゃない？」西之園が言った。「何が隠されているか、わからないけれど、現在のところは、まったく意味はないのと同じ」

「でも、一人一人がばらばらで、勝手に死んだのではない、ということは伝わっていますよね」加部谷は言った。自分の意見は、なかなかのものだ、と口から出たあとに評価できた。「同じグループの犯行声明みたいな感じです」

「うーん」西之園は顎を引き、上目遣いに加部谷を見た。「そう感じる、ということに対しては、もちろん否定しないけれど……、でもね、だから、何なのかしら？」

「ええ、それはそうですよね。うん、やっぱり、宗教なんですよ、これは」加部谷は言った。

「わからないものは、全部、宗教？」

「命を粗末にしている、と私たちは思いますよね。だけど、彼らにしてみれば、ああいうのが、一番命を粗末にしてない、大切にした結果かもしれないわけですし」

「それは、一理ある」西之園がすぐに頷いた。

「あと、全部、この地方で起こっていますよね」加部谷は言った。「私はそれが不思議です」

「どうして？」

「だって、ネットで連絡を取り合っているのなら、もっと全国的に展開してもよさそうなものじゃないですか」

「このまえの、バスの事件は関東だったよ」

「でも、向かっていたのは中部国際空港でしたし、結果的に、亡くなったのは、この地方です」

「そうね」西之園は溜息をついた。「どうしてかな？」

「どうしてでしょう？」

国枝助教授の部屋のドアが開いて、中から山吹早月が出てきた。加部谷と海月を一瞥したものの、黙ったまま自分のデスクへ行き、持っていたファイルをそこに置いた。それから、溜息をつき、そして、両手をゆっくりと挙げて深呼吸をしてから、こちらを向いた。

「ダメージ大きかったみたいだね」西之園が立ち上がった。「さぁて、次は私の番か」

西之園は、窓際のデスクへ行き、ファイルとペンを手にして戻ってきた。

加部谷に対しては上品な笑顔を一度向け、視線を逸らすと同時に息をふっと吐く。国枝助教授の部屋の入口に近づき、そこをノックした。

「失礼します」ドアを開けて、西之園は中へ入っていった。

第2章　近い死に場所

「そこの部屋でなにか落ちたようですな」と支配人が左手の隣室で言った。グレーゴルは、今日おれの身に起ったようなことが、ひょっとしていつかこの支配人の身の上にも起らないものだろうかと、想像してみようとした。そういうことが起らないとはだれにも断言はできない。

1

西之園萌絵は、その店が初めてだった。繁華街が近い都心のメインストリートに面したホテル。その最上階のラウンジである。奥まったシックなアプローチが清楚《せいそ》にライトアップされ、高級そうな雰囲気を演出していた。黒いスーツの女性が受付に立っている。

「反町《そりまち》さんと、待ち合わせです」西之園は告げる。

受付の女性は上品に頷き、店の奥へ入っていく。西之園はそれに従った。巨大なガラス張りの窓の外に、街のパノラマが低く沈んで見えた。宇宙船に乗っている気分だ。窓際のテーブルに、二人は待っていた。西之園が来たことに気づき、反町愛《あい》は立ち上がって、反対側のシートへ移った。つまり、そちらにいた彼と並んだのである。

「わぁ、久しぶりぃ」西之園は座るまえに彼に顔を近づける。「おお、渋いね。格好良くなったかな」

「なったでしょう?」隣の反町が躰を弾ませる。「ちょっといないいんじゃない、こんな素敵な人って」

「そこまで言われると、急に冷めてしまう私です」西之園は、一度肩を竦《すく》めてからシートに腰を下ろした。

少し離れたところに、店員がまだ立っていた。どうやら、注文を待っているようだ。とりあえず、メニューを眺め、飲みものを注文することにする。急に冷たいものが欲しくなった。親友たちの熱さのせいかもしれない。

店員が去ったので、もう一度、西之園は身を乗り出して、彼をじっと観察した。

「うん、髭《ひげ》、似合うね」彼女は言う。

「そう? 私は、やめてほしい」反町愛が横で細かく首をふって言う。

「西之園も、変わらないな」口を斜めにして、彼はキャンドルの炎くらい小さく笑った。

金子《かねこ》勇二《ゆうじ》は、西之園と同じN大建築学科の出身である。彼女と同じ犀川《さいかわ》研究室で、男子のクラスメートの中では一番親しかった。一番沢山話をしただろう。その彼が、西之園と同じクラブだった反町愛とつき合っていたのだ。その交際がその後どうなったのかは、詳しくは聞いていなかった。金子は建設会社に就職し、研修のあと、すぐに海外の勤務になった。おしゃべりの反町だが、何故か、彼のことになるとほとんど話さない。それは、つまり彼女が本気で金子のことを考えているからだ、と西之園にはわかっていた。

「いつ、こちらに帰ってきたの?」西之園は尋ねた。

「一昨日」金子は言う。「いや、別に、そんなにずっと向こうにいるわけじゃない。一ヵ月に一度くらいは、本社に戻っているよ。ときどき、こちらにも来る」そう話しながら、金子はちらりと横の反町を見ようとした。

反町は、口をチェシャ・キャットみたいにして、上目遣いにこちらを見た。

「ふうん。そうなんだ。どうして、私に声をかけてくれなかったの? そんな暇なかったとか?」

「そんな暇なかった」金子は言う。「いや、冗談抜きで、けっこう忙しくて」

「今夜も？」

「明日、東京へ戻って、明後日《あさって》の朝、成田を発つ」

「どこ？　サウジアラビア？」

「ああ。あと、シンガポールへもときどき」

「忙しいんだ」

「普通の仕事だよ。まだ使い走りだし」

「それじゃあ。ラヴちゃんとの時間が短くなってもいけないから、私、飲むものを飲んだら、すぐ帰りますから」彼女は笑いながら言った。

西之園が注文したカクテルがテーブルに届く。彼女は、それを片手に持って、テーブルの上に差し出す。反町と金子がグラスを持って、それに接触させた。

冷たい液体が喉を通り、遅れて温かさが胸に広がった。

「ああ、良いなあ……」西之園は呟いた。

「犀川先生、元気？」金子がきく。

「うーん、元気ってことはないよ。普通。健康ではあるみたい」

「あ、でもね、けっこう進んでるんだよ」反町が言う。「この子、おとぼけさんだから」

反町を睨み返したものの、適切な言葉を思いつかなかった。

「あ、ちょっと、私、電話かけてくる」反町がグラスを置いて、立ち上がる。店の入口の方へ彼女は行ってしまった。

西之園は、その反町の姿を振り返って見送り、再び金子に視線を戻す。彼は窓の方へ顔を向けていた。横顔を見て、それから、ガラスに映った彼の顔を西之園は確認した。

「どうして、俺、外国の勤務になったか、わかるか?」金子が横を向いたまま低い声で言った。

「え?」西之園は驚いた。何の話なのか、アルコールの作用で回転が落ちつつある頭をもう一度回す。「何? 金子君、希望したんじゃないの?」

「うん、希望した。どうして希望したか、わかるかってこと」

「さあ……」西之園は何故か苦笑いした。けれども、金子が真面目な顔でこちらを向いたので、笑うのをやめた。

「西之園に、ちょっと込み入った話があるって言ったから、あいつ、気を利《き》かせたつもりなんだ」金子は肩越しに遠くを見た。反町が席を外したことのようだ。

「何?」西之園はじっと彼の顔を見据える。思考はつぎつぎに可能性を捲《めく》ったけれど、どれも今のこの場の、そして金子勇二の表情に相応《ふさわ》しくないものばかりだった。

ただ……、たった一つだけ、小さな可能性を、西之園は思いついた。

「え? もしかして……」彼女は片手をゆっくりと口に当てようとしていた。自分のその動作がスローモーションで自覚された。

「もう、何年になる?」金子はきいた。

その問いで、西之園の躰は微動する。

「飛行機事故のこと?」自分の口から出た乾いた言葉。

「ああ」金子は視線を逸らさず、頷いた。

「もうずっと、昔のことだわ」

「昔か? まだ、ほんの十年だ」

「何の話?」

「給料をもらって金ができたし、あちらでも、いろいろコネができた。それから、あの事故がどうして起きたのか、考えたし、できることは、調べもした」

「どうして?」

「どうして?」金子は繰り返す。

「いえ、どうして、今?」西之園はきいた。

金子は鼻から息を漏らす。

「だって、飛行機の欠陥だったんでしょう?」彼女は早口になっていた。「疲労破壊だったんじゃないの?」

「表向きはそうだ」

「違うの？」

「疲労破壊だったら、どうして、ほかにもっと同様の事故が起きない？」

「それは、だって……、あのあと、同じ機種を全部点検したから、防げたんじゃあ……」

「点検した結果は？」

「いえ……」西之園はソファの背にもたれる。予想外の話で頭が混乱していた。金子の目をじっと見たまま、瞬きもできないくらいだった。「それは、知らないけれど」

「どの機種にも異状はなかった。俺は、その報告書を手に入れて、読んだ」

「どうして……」

「どうして？」彼が首を捻った。

「どうして、そんなことを調べているの？」

「どうして、お前は調べないんだ？」金子の返答は早かった。

沈黙。

ブルースが流れている。レトロなメロディだった。聴いたことがある。しかし、なにも考えられない。

どうして、調べない？

だって……。

「だって、調べたって、しかたがない」西之園は言った。「何なの？　どうなるの？　そんなこと究明したって……」

「どうして、しかたがない？」

「死んだ人は、戻ってこないわ」

金子はそこでまた鼻から息を漏らした。

「相変わらずだな」彼は微笑む。「わかった。悪かった。急に変な話をしちまって。謝るよ。なにも聞かなかったことにしてくれ。話はこれで終わりだ」

「待って……」さきにその言葉が口から出た。

西之園は慌てて考える。彼女の両親の命を奪った飛行機事故のことだ。たしかに、それについて、自分はあまり知らない。知りたくなかったのだ。事故の直後の一年ほどは、ほとんど記憶がないほどだった。ずっと病室で過ごしていたはず。

そのあとも、記憶の中のその一角を遠ざけてきた。避けてきた。そちらを見ないようにしてきたのだ。

片手は口を覆っていた。

しかし、涙は出ない。

自分が泣いていないことを、彼女は確かめた。

大丈夫。

もう整理がついたはずだ。

そう、今まで避けてきたもの……、
それは消えてなくなったのではない。

あの日、あの場所で、事故は起こった。その事実は不動だ。金子の家族も、あの事故の犠牲になった。そうだ、そのことさえ、すっかり忘れていた。

金子がじっとこちらを見ている。

西之園は、呼吸をする。

ゆっくりと、胸の空気を抜いた。

大丈夫。

私はもう大丈夫。

「大丈夫か？」彼がきいた。

「大丈夫、ええ。ありがとう」西之園は頷いた。

落ち着いている。自分はもう昔の自分ではない。

「少しは、大人になった感じだな」金子は息を吐いた。「安心したよ」

「ありがとう。で、どういうことなの？　何を私に話そうとしたの？」

「いや、別に……」

「話して」

「うん……」金子は頷いた。こちらを見据えた目は、以前の彼とまったく同じだった。

「つまり、あれは事故じゃないんだ」

「事故じゃない？」西之園は言葉を繰り返した。遅れて、その意味が認識される。「じゃあ、何？」でも、その答も同時に理解した。「誰かが、やったってこと？　どうやって？」

「そこまでは断定できない。爆弾の類だったかどうかは、わからない。事故の記録には、もちろんそれはない」

「ええ……、それは知っている」

「しかし、落としどころとして、そういった判断だったかもしれない」

「落としどころ？」

「断定できないのならば、テロによるものだとは、発表しないだろう。むしろ発表しない方が、抑止になる。あるいは、裏でなんらかの取引があったかもしれない」

「まさか……」

「あれを、やったと言っている組織が存在する」

「どこに？」

「日本じゃない。あのあと、急速にネットが世界中に広まった。どこの誰とでも、けっこう簡単に接触できるようになった。言葉だけでね」

「どこまで、わかったの？」

「いや」金子は首をふった。「ここまでだ。でも、もっと知りたいと思っているし……」

「知ってどうするの？」西之園は、彼の言葉を遮《さえぎ》った。

金子はじっと彼女を見たまま、動かない。

「教えて」西之園は少し口調を和らげた。「誰かが、あれをやったのだとして、そして、貴方が、それを、つまり、犯人を突き止められたとして、そのあと、どうするつもりなの？」

「突き止めても、実証することはまず不可能だ」

「ええ、そうだと思う。証拠もない、真偽もわからない情報ばかりで判断するしかないでしょうね」

「でも、わかるもんだよ。何が本当なのかなんて、だいたいわかる。話を聞いただけで、作り話か、言い訳か、それとも、本当のことを語っているのか、それはわかる」

「貴方がわかるとして、それが、貴方の真実になるとして、それで、どうするつもりなの？」

「少なくとも、お前には教えてやるよ」

「お前なんて言わないで」

「ああ、悪かった。いや、変わってないなぁ」金子はくすっと吹き出す。

「私がきいていることに、答えて」

「わからない」金子は笑顔のまま首をふった。「逆にききたいくらいだ。何ができると思う?」

沈黙。

できることなんて、一つしかない、と西之園は考えた。

それは、復讐だ。

「お願いだから、そんなことはやめて」彼女は優しく言った。何故か、急に目が熱くなった。「ラヴちゃんは知っているの?」

「いや……、一切話していない」

「ありがとう。駄目だよ、話したら。お願いだから、諦めて。どうしようもないよ。そんな昔のことを追っかけても、なにも得られない。無駄なだけじゃない。貴方がやっていることは、危険だわ。お願い、ラヴちゃんが好きでしょう? 彼女のことを考えてあげて」

涙が頬を伝っていた。さっきは泣かなかった。自分のことでは泣かないのに、どうして友達のことで泣けるのだろう、と西之園は思う。プロテクトが弱いからだ、きっと。

「ああ、やっぱり、だいぶ変わったな」金子は窓の方を向いた。「いや、少し、なんていうか、救われたかな。誰でも、ちゃんと成長するんだな……、いや、ごめん、表現が悪かった。なんていったらいいのか、とにかく、大人になったな」

「全然、フォローになってない」

「ああ」金子は溜息をつく。「話したかったことはそれだけだ。話せて良かった」

「ありがとう、話してくれて」

「もう一つ、いや、これは話すことじゃなくて、ききたいことがある。質問だ」

「何？」

「西之園が、真賀田四季《まがたしき》に会いにいった理由が知りたい。どうしてだ？」

「いつの話？」

「妃真加島《ひまか》へ行っただろう。大学一年のとき」

「どうしてって、別に、特別な理由なんてなかったけれど」

「あの飛行機事故のことで、調べにいったんじゃないのか？」

「え？」西之園の頭がまたフル回転した。しかし、関連は見つからない。「何故、そんなふうに考えたの？」

「違うんだったら、いいよ」

「たしかに、真賀田博士に会って、私、事故のときのことをいろいろ思い出した。あの頃はまだ、後遺症っていうのか、記憶が一部なかったみたいな、うん、自分で閉じ込めて隠蔽《いんぺい》してしまったものがあったの」

「うん、その話は聞いた」

「話したよね。そう……、でも、真賀田博士に会う理由は、別に事故とは関係はなかった。もっと興味本位というか、私、犀川先生と真賀田博士を会わせたかったんだと思う」

「どうして？」

「いえ、なんとなくだけれど」

「会わせて、どうだった？」

「うーん」彼女は首を捻る。「よくわからない。どちらかといえば、マイナス。今は後悔している。でも、そうね、私が会わせなくても、たぶん、いずれ二人は出会ったと思うの。真賀田博士の方から、アプローチがあったはず」

「どうして？」

「さあ……、わからない。でも、そんな気がする」

「そうか、案外、なにも知らないんだな」

「私？」

「ああ」

「あまり、知りたくない」西之園は言った。その言葉は、現状というよりも、明らかに過去と未来への決断の意思表示だった。

　反町が戻ってきた。

「あ、深刻な話してたでしょ？」シートに座り、反町は、金子と西之園の顔を交互に見た。「なんか、テレビドラマみたいじゃない」

「夜景が綺麗ね」西之園は窓の方を見て言った。

「ほらほらぁ、言うか、そういうの普通」反町が笑った。「私、酔ったのかしら、とかって言うんだぞ、そのうち」

「私、酔ったのかも」

「は？」反町は、西之園のグラスを見る。「おいおい、お嬢さん？」

　西之園は、そのグラスを手に取って、冷たい液体を喉に通す。甘く、そして、不思議に遠い香りだった。氷が小さな高い音を立てる。

　それから、金子勇二を一瞥した。彼は視線を逸らし、窓の方を向いてしまう。西之園はその視線の先を追うように、もう一度夜景を見た。そこには、燃え上がる赤い炎はない。テーブルのキャンドルが小さく映っているだけだった。

「ちょっとぅ、なに、黙ってるの、二人とも」反町が言う。

「ラヴちゃん」西之園は彼女を見た。

「え、何？」

西之園は無言で微笑んでみせる。

「何だよ、どうしたの?」反町がきょとんとした表情で首を傾《かし》げる。「ホントに酔ってるわけ?」

2

タクシーでN大へ戻った。時刻はまもなく午後九時。深夜でもないのに、なんとなく、もう大勢が寝静まった世界にいるように、西之園は感じていた。

研究棟の暗い階段を上り、さらに暗い廊下を歩いた。前方に明るい部屋が近づいてくる。その部屋になかなか辿り着けない夢を見たことがあった、と思い出す。

院生室の明かりも灯っていた。誰かいるのだろうか。しかし、そちらのドアではなく、犀川助教授の部屋に直接入った。ノックもせず、そっとドアを開けた。

デスクでパソコンに向かっていた犀川が気づいて、こちらを向いた。西之園は躰を横向きにして室内に入った。ドアをゆっくりと戻し、音がしないように閉める。

「何をしているつもり?」犀川がきいた。

「えっと、そうですね……」囁くように西之園は答える。「静けさをときどき愛してあげたいかなって」

ようやく、犀川は彼女の顔から視線を少し落とした。服装を見たのだ。いつもよりはドレスアップしている。ホテルのラウンジに出向くために着替えていったからだった。彼がそのことを言うかどうか、確率は三十パーセント、と見積もった。

犀川は黙って、視線をパソコンに戻す。そのあと、十秒ほど、キーボードを黙って叩いていた。西之園はその場に立ったまま、黙って待った。

「お酒を飲んでる？」こちらを見ないで、犀川がきいた。

「ほんの少しだけ」彼女は答える。「先生、座って良いですか？」

「ああ、もちろん」彼はこちらを向いた。「ちょうど、コーヒーを飲もうと思っていたところだよ」

西之園は振り返った。コーヒーメーカには既に黒い液体がポットに出来上がっていた。彼女はそちらに歩み寄り、冷蔵庫の上にある食器ケースから犀川のカップを取り出し、ガラスポットのコーヒーをそこに注ぎ入れた。

「あれ？」途中で気づく。「二人分ですね、コーヒー」

カップが満たされた。彼女は考えてから、振り返った。

「どなたか、お約束ですか？」

犀川のところへ、コーヒーを運んだ。彼は椅子の背にもたれ、脚を組んだ。

「いや、君の分だよ」

「どうして、私が来ることがわかったんですか？」そうききながら、西之園はカップに残りのコーヒーを注ぐために戻り、それを持って、犀川のデスクの横に置かれた椅子に座った。コーヒーはまだ熱くて彼女には飲めない。カップはデスクの上に置く。犀川の顔を見る。彼の返答はまだなかった。

「金子君から、電話があったのですね？」それが西之園の計算結果だった。

犀川は黙ってコーヒーカップに口をつける。それから、胸のポケットにある煙草の箱を取り出すだろう、と西之園が予想した、そのとおりになった。ゆっくりとした手つきだ。一本を抜き取り、それを口にくわえて、緑色の安っぽいライタで火をつけた。赤くなった煙草の先。そして、深呼吸をするように、犀川は天井を見上げる。白い煙が広がった。

「で、話したいことは？」彼は言った。

「はい」西之園は姿勢を正した。否、既にきちんと座っていた。背筋を伸ばし、膝に手を置き、真っ直ぐに指導教官を見つめていた。「今夜は、首吊り自殺の事件のことで、先生とお話をするつもりでした」

「首吊り？」

「ご存じですか？」

「いや、全然。でも、そんなに珍しいものじゃないだろう」

「ええ。それほど珍しいものではありません。ですから、それはまたこの次にします」

西之園は話した。「あ、でも一点だけ。その、まだ把《は》握《あく》されている事件は二件だけですけれど、普通の首吊り自殺と違っているのは、少々デコレーションがなされている点です。吊った場所が非常に高い樹だったり、公園の池にある島だったり。ある程度の手間がかかっている、ということです。これから死のうという人間が、何故そんな演出を必要としたのか。そこまで手間をかける気力があるのなら、死んだりしないのではないか、という疑問が生じます。それだけです」

彼女は早口で説明をした。この畳みかけるような口調は、学会で発表をするとき、質疑のとき、会議のとき、つまりは、ビジネス・モードだった。このしゃべり方が、一番簡単で、気を遣わなくて済む。そういうメリットがあった。

犀川は黙っていた。反応なし。

西之園は、次の話題をどう切り出そうか、と迷った。頭脳は、思考能力の限界で発熱しそうだった。

「あの、金子君から、どこまで聞かれたのでしょうか？」まず、現状を把握しようと考えて、質問をする。

「なにも聞いていない。君と会って、話をした、という電話だった」

「それだけですか？」

「うん、それだけだ」

「何の話だったか、聞かれませんでしたか？」

「聞いていない。でも、だいたい想像はつく」

「どうして？」

「今の君を見ていたら、わかる」

「先生は、じゃあ……、どう思われます？」

「何を？」

「ですから、あの飛行機事故のことです。原因は何だったのでしょうか？」

「わからない。いや、知らない。報告書では、飛行機の……」

「お願いですから、隠さないで下さい。私なら、大丈夫です。もう、子供ではありません」

「いや、隠してはいない。隠していたのは、君だよ」

「え？」彼女は驚いた、いつの間にか前のめりになっていた躰を戻す。「私が？　隠していた？」

「そうだ。事故の原因については、当然ながら、当初からいろいろな憶測があった。可能性も指摘されていた。君は、それを避けてきた」

「ええ、そうです」

「その反動で、自分には関係のない事件に首を突っ込んだ。自分には関係のない死を、求めているようだった」

「それは違います」

「いや、違わない。少なくとも、そう観察された」犀川は言った。「言葉にすれば、そうなる。客観的に見て、一番近い表現だ」

「わかりました。では、譲歩します。傍《はた》から見れば、そうだったかもしれません」彼女は頷いた。落ち着け、と心の中で叫んでいた。「でも、だとしたら、私はずっと、夢を見ていたのでしょうか？　この十年間、すべて夢だったと？」

「その表現も、そんなに外れていない」

「否定して下さい」

「そんな無責任なことはできないよ」犀川は煙を吐いた。「いつかは、受け止めなければならないものだ。そして、これを認めないかぎり、君は、本当に現実の世界には戻ってこられない」

「大丈夫です。戻れます」西之園は言う。「夢を見ていたかもしれませんけれど、でも、少しずつは強くなりましたし、傷は治りました。もう、受け入れることができます」

「その判断の根拠は？」

「自分でわかります。信じて下さい」

犀川は三秒間ほど黙った。

「わかった。信じよう」

「お願いします。本当のことを」

「あれは、人為的な破壊工作の結果だっただろう」犀川は言った。「これは憶測だ。しかし、その可能性が最も高い」

「本当ですか?」

「本当のことはわからない。事故の調査委員会は、断定的な結論を導けなかった。確固たる物証はない。しかし、人為的な破壊工作の可能性を否定することもまたできなかった。そうすることが、航空会社にも、航空機メーカにも有利なはずなのに、それを結論として書けなかった。何故か。おそらくは、あれ自体が、脅迫状のようなメッセージだったからだ。航空会社もメーカも、そして政府も、脅されていた。何にだと思う?」

「わかりません」

「可能性は一つしかない。当時世界中に広がりつつあったコンピュータチップのすべてに組み込まれていた傷だ」

「傷?」

「飛行機が落ちた理由がわからないのは、それがハード的な作為ではなかったからだ。

チップに残ったコードは、たとえ、それをすべて取り出すことができても、誰にも完全に解読はできない。それを作った者にしかわからない。そのチップは、明らかにほかのものよりも優れていたから、あっという間に普及した。これまでにないアーキテクチャだった。しかし、細部に至るまで構造のすべてがチェックされていたわけではない。そんなことはできないんだ。何故なら、人類の誰にも、それを作り出すことができなかったんだからね、ただ一人を除いては」

西之園は目を見開いていた。息を止めていた。思考はほぼ停止し、躰中に悪寒《おかん》がゆっくりと広がるのがわかった。

犀川は西之園から目を逸らし、下を向いた。床を見ているような視線だった。しかし、再び顔を上げ、煙草を吸った。

赤い光。

遅れて現れる白い煙。

困惑と疑惑。

鮮明と茫洋。

それらの対比が。

そのコントラストが彼女の目に焼き付く。

「真賀田博士が？」西之園は静かに呟いた。呼吸をするために、その言葉が出たような気がした。

　それは確信だろうか。

　それとも疑問？

「彼女には完全なアリバイがあった」犀川は言う。「当時、博士はあの島の研究所の地下に閉じ込められていた。したがって、彼女が指揮を執《と》ったということはありえない」

「でも……」

「でも、可能だ」犀川は頷く。「なんでもできただろう。いつでも、どこでも、真賀田四季に不可能はない」

「理由は？　飛行機を墜落させた理由は何ですか？　メッセージの具体的な目的は？」

「わからない」

「テロですか？」

「もちろん、そう捉えても、間違いではない」

「ああ……」西之園の溜息は声になった。両手を顔に当てる。「なんてこと……。だけど、いったい、何を、どう考えたら良いのか」

「考えてもしかたがないよ」犀川は淡々とした口調で言った。「いや、今のは撤回する。違うな。しかたがなくはない」

「希望がありますか？」

「希望？　希望って、何？」

「うーん、楽観的観測」

「データから目を逸らすことかな？」

「まだ、得られていないデータに対する期待です」

「単なる解釈の問題でしかない。今日の天気は曇ではない、これは晴だ。それが希望かな？」

「たとえば、極端な話で……」西之園は再び手を膝に戻す。犀川に正対した。「真賀田四季が、西之園恭輔《きょうすけ》の命を狙って、つまり、お父様を殺すために飛行機を墜落させたとしたら、私はどうすれば良いですか？」

「え？」

「僕は、どうすれば良い？」犀川は問い返した。

「君は、西之園先生の娘だ。たったそれだけの関係じゃないか」犀川の視線が痛いほどだった。

「たった、それだけ？」

「そうだ。単なる血縁というだけだ」

「でも、母も殺されたのです」

「いや、今は仮定の上で議論をしているにすぎない」

「あ、ええ……、そうでした」溜息が漏れ、喉が僅かに痙攣《けいれん》した。「もちろん、具体的には、どうすることもできません。でも、先生……、ここにピストルがあって、ここにテロを主導した人物が立っていたら、私は躊躇《ちゅうちょ》なく銃口を向けると思います」

「そして、引き金をひく？」犀川はきいた。

西之園は想像した。

真賀田四季が、すべてを仕組んだ。彼女は、科学者として、西之園恭輔を知っていた。なにかの利害関係があったのかもしれない。そのために、父の命を奪った。

「いえ、それはありえない」西之園は下を向き、首をふった。「父を殺すためだけなら、飛行機を落とす必要なんてないわ。人を一人殺すことなんて、もっと簡単に……」

「ただ、それでは、殺したことがわかってしまう」犀川は言った。

「いえ、それもわからないように、事故に見せかけて殺すことだって、難しくはないでしょう？　飛行機を落とすことに比べたら」

「そうかな？」

「だって……、ほかにも巻き添えで犠牲者が沢山出るし……」

「しかし、その方が目立たない」

「本当にそうお考えですか？」

「あくまでも、仮定の上での議論だよ」

再び、彼女は想像した。

父を殺した真賀田四季が、今、自分の目の前に立っている。

拳銃を向け、指は引き金にかかっている。

「撃てません」西之園は首をふった。「先生はできますか?」

「できる」犀川は頷いた。

灰皿へ手を伸ばし、彼は煙草を揉み消した。

「僕は復讐するだろう。西之園先生の命は、僕にとっては、それだけの価値が充分にあった」犀川は言った。

「でも、銃で撃てば、またもう一人死ぬんですよ」

「ああ」犀川は頷く。

「それが、真賀田四季だったら?」西之園は尋ねた。自分は最初からその条件で考えていたのだ。

「撃たない」犀川は答える。

沈黙。

では、自分の判断と同じだ。

しかし、少し違う、と西之園は考えた。

「普通の人間ならば撃てる。天才ならば撃てない、という判断ですか?」彼女は質問した。

「普通の天才でも撃てる」犀川は答えた。「たとえば、自分と血のつながった人間でも、たぶん、撃てる。しかし、真賀田四季は別だ」

「どうして？」

「どうしてだろう」犀川は即答する。「その答は、今の僕にはわからない。わからないから、保留するしかない」

「仮定の話はやめましょう」西之園は訴えた。「それよりも、実際問題として、西之園恭輔という人物は、真賀田四季に殺される価値があったでしょうか？」

犀川は小さく頷き、目を瞑った。それは良い質問だ、という表情だった。

「うん……、そうだね」犀川は目を開く。「しっかりとは評価できない。その理由は、西之園先生のことをすべては知らない、という部分が二十パーセント、それから、真賀田四季のことをほとんど知らない、という部分が残りの八十パーセントだ。その条件で推定しても、可能性がないとはいえない。この近辺にいるうちでは、もっとも狙われる人物の一人だったかもしれない。それから、彼女のそのあとの行動、たとえば、君や僕に関わろうとしたこと、それらも、あるいは、と思わせる要因の一つではある」

「気にしていた、ということですか？」

「いや、おそらく、実験の一環だったと」

「実験？」

「水に石を投げ入れると、輪が広がっていく。子供がする実験だ」

「親が死んだら、どうなるのか、それを見たかったという意味ですか？」

「否定しない」

「本当ですか？」

「君は、子供のときに、真賀田博士と会っているんだ」

「覚えていません」

「西之園先生が、どれだけ君を愛していたか、真賀田博士は、そのとき見ただろう。彼女は、一度見たもの、一度経験したものを、常に再生できる。忘れない。記憶が劣化しない」

「私が、どうなるか、見たかった？」

「そういう可能性もある、ということ」

西之園は溜息をついた。

簡単だ。

言葉で聞くことなんて、実に簡単だ。

どんなに残酷なことでも、言葉にすれば、単純。

血の臭いもしない。

焦げた臭いもしない。

涙で滲《にじ》むものでもない。

胸が痛くなることも、頭を締めつけられることもない。

軽い目眩《めまい》くらいで、通り過ぎていく。

それが言葉か……。

「そうですか」西之園は頷いた。「良かった。こんな話、十年まえの私だったら、とても処理できなかったと思います」

彼女は自然に微笑むことができた。

「むしろ、今は、金子君や、それに、犀川先生の方が心配です」

「僕が？」

「危ない感じですよ」

犀川は、コーヒーカップを口に運ぶ。西之園も、カップを手に取った。

「そうか、そう見えるか……」犀川は躰の向きを変えて、窓を見る。

視界に存在するのは、道路の反対側にあるビルの窓だけだった。あとは暗闇。ただ、室内がガラスに映っている。

「良かった、話せて」犀川が言った。

「ありがとうございます」西之園はガラスに映った犀川に向かって、軽く頭を下げた。

3

加部谷恵美のアパートに、また同じ四人が集まった。今日は、四人でスーパへ買い出しにいき、本格的な料理を作った。といっても、加部谷はスパゲッティを茹《ゆ》でたのと、サラダを雨宮純と一緒に作った程度で、ほとんどは山吹早月が仕切っていた。そして、海月及介は、壁にもたれて静かに本を読んでいた。今日は文庫本ではなく、薄っぺらい学術雑誌のようだった。ちらりと覗いたところ、英語らしい、というくらいしかわからない。写真も絵もなかった。

七時半には料理が揃い、テレビを見ながら食べた。途中で、事件のことでその後情報は入っていないか、というメールを西之園萌絵に書いた。しかし、まだそのリプライはない。

「考えてみたら、前回に続いて、麺類じゃないですか」加部谷は中央の大盛りから、自分の皿にスパゲッティを取った。赤いトマトソース、白いクリームソース、そしてシソ・タラコ、と全部で三種類ある。

「実家に帰ると、ご飯しか出ないからね、一人暮らしを始めた頃は、アンチご飯の生活だったんだ」山吹が話す。「パンとか、パスタとか、あと、うどん、蕎麦《そば》、ラーメン」

食べている間は、そんななんでもない平和な話ばかり。しかし、お腹がいっぱいになったところで、やはり首吊り自殺の話題になった。西之園から聞いた公園の池で見つかった死体についてである。

「なぁにぃ、そっちも、あれだったんかね？」雨宮が尋ねる。「えっと、ほれ……、んなのに夢のよう」

「イータだって」加部谷が助ける。

「そうだそうだ。それ、あったわけ？」

「あった」加部谷は頷いた。「だからこそ、西之園さんのところへ情報が来たわけじゃない」

「なんで？　西之園さんっていうのは、どういう人物なわけ？」雨宮が首を傾げる。

「あ、わかった。テレビ局でニュース・キャスタをしとるとか？」

「なわけないでしょ。そこらへんは、いいの。気にしないで。まあ、普通じゃないってことだけで」

「その、池をどう渡ったのかっていう理由だけれど……」山吹が話を戻した。「その島にいつ渡ったのか、わからないわけだから、別に服が濡れていなくても、不思議じゃないように思うけどなあ」

「それじゃあ、何日もまえに島に渡って、そのあと、ずっとその小さな島にいたってことですか?」加部谷が問う。

「そう、ずっとじゃなくても、服が乾くくらいの間だね。一日で乾くんじゃない?」

「それで、服が乾いたところで、樹にロープを掛けて、ぶら下がったと」

「うん」山吹は頷いた。「まあ、可能ではあるよね」

「そんなこと言ったら、服を乾かすために焚き火をしたとかだって、ありですよね」加部谷は言う。

「焚き火をしたら、痕《あと》が残るよ」

「土に埋めてしまったんですよ」

「スコップは? 手で掘ったの?」

「スコップは、池の中に投げ入れたんです」

「ああ、なるほど」山吹は微笑む。「池を探せば、出てくるわけだ」

「ねえねえ?」雨宮が加部谷の肩を指で叩いた。「なんで、こんな話をしとるの? 自殺者の行動について話す会?」

「そうじゃないけど、なんとなく、山吹さんと話していると、こうですよね、殺人事件とかの話になっちゃいますよね」

「僕も、加部谷さんと話していると、何故かそうなる気がする」

「神社のも、池のも、どっちも、死んだ人が一人でやったって考えるから無理があるんじゃないですか?」雨宮は、山吹に向かって言った。「死ぬ人は、普通に首吊り自殺をしとるだけで、あとは、それを派手にしてあげましょうっていう、変なポリシィのところがあるだけでしょう?」

「いや、わからない」山吹は首をふった。「もちろん、その可能性が高いとは思うけれど、もしそうだとすると、死ぬ人間が、どうして、その得体の知れないところに連絡をしたんだろう?」

「連絡って?」雨宮が首を傾ける。

「誰がいつ自殺するのかなんて、普通はわからない」山吹が説明した。「となると、自殺者の方から、死にますから、あとをよろしくお願いします、とかなんとか連絡をしてこないかぎり、成立しないでしょう?」

「ああ、そうか」納得した顔の雨宮。

「あのぉ、本当に自殺かどうか、わからないんじゃあ?」加部谷は発言する。

「まあ、それを認めると、このまえ話したように、自殺に見せかけているにしては、目立ちすぎている、という矛盾に行き着くことになるね」

「ですから、その矛盾を突いて、逆に、そんなことはしないだろうと思わせるトリックなんですよ」加部谷は言った。「今、思いついたんですけど」

「凄い、それ、凄くない?」雨宮がまた加部谷の肩に手をのせて、前後に揺すった。彼女といると、何度も揺さぶられるのである。

「そんなさ、連絡を自殺者がするなんて、ちょっとありえないでしょう?」加部谷は話す。「てことは、もともと、あるグループに属していた人たちが、自分で演出して自殺をしているのか、お互いに助け合ってやっているのか……、とにかく、最初からみんな身内なんですよね」

「うん、僕もそうだと思う。ただ、ネット上で知り合っただけで、示し合わせただけで、つまり、実際に、グループとして集まったりはしていないんじゃないかなって気がする。今までの経緯からして、なんとなくだけれど。昔ながらの宗教団体みたいなイメージとは違うんじゃないかって」

「今までの経緯って?」雨宮が加部谷に尋ねた。

「ま、いろいろあってね」簡単に答えておく。

「ああ、そうなんだ」雨宮が妙に納得顔をする。何に納得したのか不思議だ。

「私は、自殺っていうのは、一人の力でやるものだって思うんですよ、やっぱり」加部谷は言った。「もし、大勢の手をかけるならば、もっともっと不思議なこと、もっともっと突飛《とっぴ》なことが可能じゃないですか」

「どんな?」山吹がきいた。

「うーんと、たとえばですね、テレビ塔の一番高いところで首を吊っているとか」

「あ、それ、どうやるの？」雨宮が突っ込む。

「そりゃあ、熱気球とかを使うんだってば」加部谷は答える。

「ああ、熱気球か……。そうだよね、クレーンじゃ届かないもんね」

「だけど、熱気球が飛んでる段階で、市民の注目の的だよ」山吹が言った。

「あ、そうだ」口を開けて、雨宮が加部谷を見た。なんとも、オーバなリアクションである。「駄目じゃん」

「人手を借りたら、もう自殺ではない、と言いたいんだろ？」突然、壁際の海月が言った。

「わ、しゃべった」雨宮が、口を開けたままの顔で海月を指さす。

「そうそうそう」加部谷も指を海月に向ける。「なんで、わかったの？　以心伝心？」

「自殺じゃないか……」山吹が言う。「そういえば、そうかな」

「ね、そうでしょう？　手伝ってもらったら、美しくないじゃないですか」加部谷は山吹と雨宮の顔を見た。「一人でこっそりやってこそ自殺だし、自殺だからこそ、訴えることができると思うんですよ。少なくとも、自殺者はそう考えている、と私は思う」

「ほんじゃあ、あの高い樹に一人で、こっそり上ったわけ？　うわあ、なんか考えただけで、どえりゃあ可哀相」雨宮が顔をしかめた。

「だって、そうだよ。可哀相って思われたいわけだもの、それで良いの」加部谷は頷く。「まあ、樹を上っていったかどうかはわからないよ。そうね、たとえば、松の樹が自然にぽーんと起き上がったかもしれないわけで」

「ちょっちょっちょ……」雨宮がまた加部谷の肩をつつく。「何だとぅ？　ぽーんと起き上がったぁ？」

「あれ、これ言わなかったっけ？」

「聞いとらんがね」

「あのね、まず、事前に松を根こそぎ掘り出しておくわけね。このときは、ほら、パワーショベルの小さいやつを使うわけ」

「ユンボ？」

「ユンボユンボ。でもって、松を上手に倒して、根元の下のとこの穴をもっと大きく掘るわけ。そいでもって、松の根っこには、コンクリートで充分な重りをつけて、でも、それが穴に落ちないように、それを、穴の底からね、つっかい棒みたいなので、支えておくわけよ。あ、絵を描いてあげよっか？」

「もう、いいわ。充分」雨宮が片目を細くした。

「でもって、そのつっかい棒にロープを結んで、倒れている樹の先へ行って、そこにロープを結んで、自分の首に巻きつける。はい、これで準備完了。あとは、思いっきり、根っこの方のロープを引くと、つっかい棒が外れて、コンクリートは穴の中に落ちる。その反動で、倒れていた樹がぽーんと起き上がって、ほら元どおりじゃないですかってことになるわけ」

「そんとき、何？　首を引っ張られて、上に跳ね上がっていくわけ？」

「まあ、そうね」

「バンジィジャンプでも、そんなに凄くないがね」雨宮が眉を顰《ひそ》める。「投石機ってあるじゃん、大昔の戦争に出てくるやつ、あれみたいに、人間が飛んでったりしたら、どうするの」

「なんか、明るい話題だね」山吹が言った。楽しそうな顔である。

「どういたしまして」加部谷は片方の頬にえくぼをつくろうとした。

「なんか、知らんうちに、私も巻き込まれとるでいかんわ」雨宮が言う。「そういう空気なんだわね」

「ここに、西之園さんがいたら完璧なんだけど」加部谷は言った。

インターフォンが鳴った。

「はあい」加部谷は返事をしてから立ち上がる。「誰かな」

玄関へ行きドアを開けた。そこに立っていたのは、赤柳《あかやなぎ》初朗《はつろう》だった。知り合いの探偵である。ブレザに、野球帽を被《かぶ》っている。奇妙なファッションだが、この世代のフィーリングなのだろう。

「こんばんは」笑顔のまま頭を下げる。「おや、良い匂いがしますね」

「ごめんなさい、ちょっと、お友達が来ているので……。何でしょうか？」

「はい、実は、私も、η《イータ》のことを聞きつけまして、情報交換をさせていただこうかと思い、参上したしだいです」

「参上して下さったのは嬉しいのですが……、あのぉ……」

「あ、では、お言葉に甘えまして」赤柳は玄関の中に入って、ドアを閉めた。「おお、これは、山吹さん、それから、海月さん、お揃いですな、あ、そちらの美女は、どなたですか？」

「私のことですか？」加部谷は赤柳の正面に立ってきいた。腰に両手を当て、一応、立ちはだかっているつもりである。断ろうと思ったのに勝手に入ってきたのだ。少々腹が立った。

「いえ、そちらの？」

「こんにちはぁ」奥で、雨宮が立ち上がってお辞儀をした。「お邪魔しています。私、雨宮といいます。えっと、加部谷さんの、お父様ですか？」

「違うって」加部谷はそちらを振り返る。「この人……」

「私は、赤柳と申します」

4

「探偵って、ホントにいるんですね」雨宮は目を丸くする。もともと、目が大きいので、不気味なくらいだ。

「はい、おります。ただ、滅多に私は探偵ですとは名乗りません。せいぜい、探偵社の者です、くらいですね」赤柳が解説した。

「情報交換って、言いましたよね」加部谷は話を戻す。「そちらには、どんな情報があるんですか？」

「絵馬をご覧になったとか」

「ええ、神社で」加部谷は頷く。山吹の方を一瞥した。写真を撮ったことは黙っておこう、と思いながら。「でも、警察が、もう証拠品として持っていっちゃったらしいですよ」

「そうなのです、私が行ったときにはなかった」

「どんなふうに書いてあったのか、それは、こちらの情報です」加部谷は言った。「赤柳さんの方の情報は？」

「やっぱり、写真を撮られたんですな、けっこうけっこう。はい、私の方の情報は、あの杁州神社の管理をしている人の話と、それから、首吊り死体を見つけた人の話です。どちらも、直接会ってきましたので」

「へえ、凄いですね」山吹が言った。

「あの神社、現在は廃業しているのです。もう、壊れかけた古い建物が残っているだけで、土地の管理は市がしている。それで、市の職員の下田《しもだ》さんという方がいて、あそこの近くにたまたまお住まいなので、出勤まえに掃除などをされているそうです。毎日ではないようですが」

「その人が見つけたんですか？」加部谷はきいた。

「いいえ、厳密には違います。あんな高いところを見上げることは、なかったのでしょう。そうじゃなくて、たまたま川沿いの道を散歩していた人が、遠くから見つけて、あれは何だろうって、神社まで確認をしにきた。そこで下田さんと会って、二人で確認をしたらしいです。警察に通報をしたのは、下田さんの方ですが」

「よく、見つけましたよね」山吹が言った。

「まあ、そんなわけで、大した情報ではありませんが……」赤柳は、にこにことした顔を加部谷に向ける。あからさまに要求している顔に見えた。

「じゃあ、写真はお見せしましょう」加部谷はしぶしぶ言った。

「写真撮ったのは、僕だけど」山吹がポケットから携帯電話を取り出した。しばらく操作をしてから、画面を赤柳に見せる。

　赤柳は仰《の》け反《ぞ》った姿勢で目を細めてそれを見た。

「小さいですな」それが感想だった。

「絵馬がですか？」山吹がきく。

「いえ、画面が」

「あ、あとで、メールで送っておきますよ」

「ああ、それは助かる。どうもありがとう」赤柳はにっこりと微笑んだ。カーネル・サンダースのようなわざとらしい笑顔だった。

「池の死体の方も、絵馬だったのですか？」加部谷は尋ねる。

「そうらしいです」赤柳は頷いた。いつもよりも、少し言葉遣いが丁寧な感じがした。人の家に上がり込んでいるせいか、それとも初めての雨宮純がいるためだろうか。「ですから、亡くなった方二人には、なんらかの関係があったと見るべきですね」

「絵馬っていうのは、そもそも何なの？」雨宮が呟くように言って、大きくした目で加部谷を見る。

「さあ……」加部谷は海月及介を見たが、彼は下を向いて読書中。次に山吹に視線を移す。

「もともとは、馬を奉納したんだと思うよ。それが、生きた馬では大変だから、絵に描いた馬になって、そのうち、どうせ絵なら、馬以外でも良いだろうってことになったんじゃないかな」

「それで、名前だけ残って絵馬っていうんですか？」雨宮が言う。彼女も余所《よそ》行きのしゃべり方だ。「ふうん、なんか、ありえないくらいいい加減ですね」

「もの凄いご都合主義だよね」加部谷も言った。「あ、でもでも、そんな目立つ首吊り自殺というのも、なんか、同じ感じ」

「え、どうして？」山吹が尋ねる。

「うーん、名前だけ、名称だけが、首吊りで、本当は、ほかの死因かもしれないでしょう？」

「それは、今のところ、警察からは情報は漏れてきません」赤柳が言った。「でも、漏れてこないということは、つまり、自殺だと警察が考えている証拠だと思います。他殺ならば、発表があって、捜査が行われる」

「少なくとも、遺族は知っているはずですよね、検屍の結果を」山吹が言う。

「それは、まあ、そうでしょうね」赤柳が頷く。

「首吊りって、簡単なのかな」眉を寄せて、雨宮が言った。「苦しいよね、きっと」

「でも、これだけ多いってことは、確実に死ねるし、わりと自殺としては簡単で手頃な部類なんじゃない？」加部谷は天井を見た。なんとなく、ぶら下がる場所を探しているようで、嫌な気持ちになった。「あ、そういえば、死刑だって、首吊りでしょう?」

「絞首刑」山吹が言う。

「この二つで終われば良いけれど」赤柳が顎を触りながら話した。「流行《はや》ったりすると、またマスコミが取り上げて、嫌な感じになりますね。逆にいえば、たぶん、そういったことを狙っているのだと」

「誰が狙っているんです?」加部谷は尋ねる。

「さあ、誰でしょう」赤柳が言った。「しかし、以前のθ《シータ》のときも、同じだった。あのときは、飛び降り自殺でしたが」

「シータ?」雨宮が疑問の顔を加部谷に向ける。

「あれは、でも……」山吹が言いかけて、途中で言葉を切った。「そうか、今回もネットで、なにか動きがあったわけですね?」

「調査中です」赤柳は僅かに微笑んだ顔で頷いた。この僅かに微笑んだように見える顔がデフォルトらしい。

「あ、そうそう、発見した人に会われたとか」山吹が赤柳に尋ねた。

「はいはい」赤柳は答える。「ご存じないですか、深川先生です。C大で、非常勤ですが、数学を教えていらっしゃいます」

「あ、知ってます」加部谷は答える。「一年生のときに習った」

「凄い、よく覚えとるね」雨宮が言う。「どの先生？」

「私、再々試まで行ったクチだから」加部谷は舌を出した。「N大の先生だったんですよね。退官されて、今は、どこの先生なのかな」

「K女大の非常勤もされています」と赤柳。「常勤では、どこにも勤めていらっしゃいません」

「ああ、あのじいさんか」雨宮が言う。「妙に若作りの」

「すっごいジェントルな感じで、お洒落《しゃれ》で」加部谷は言った。「とても、そんな六十過ぎには見えないの。でも、単位には厳しかったんだなぁ、これが」

「いたかなあ、そんな先生」山吹が首を捻った。「ジェントルで、お洒落？　そんなふうに先生を見たことないからね」

5

反町愛は、西之園萌絵と別れたあと、予約をしておいたレストランで、少し遅い夕食をとった。もちろん、金子勇二と二人で。

彼とは毎日メール交換をしている。実際に会うのは、一ヵ月半ぶりのことだった。そんなに久しぶりというわけでもないが、しかし、会いたいという欲求に比べれば、会える時間は、気が遠くなるほど少ない。彼に会える時間が、残りのすべての時間の目標になってしまっている。まるで、宇宙探査衛星のような時間配分といえる。自分でも情けないほどだった。

　こんな生活が続くのか、それとも、もっと劇的な変化があるのか。そろそろそんなエポックがあってもおかしくない年齢なのではないか、とは考えている。けれども、毎回、目の前に金子の顔を見ると、もうそれどころではない。そんな話は全然できない。とにかく、今のこの時間を大切にしよう。精一杯集中して、ここで得られるものを逃さず吸収しよう、と考えるばかりで、将来のことなど、まったく頭から消えてしまうのだった。そんな現実は、別れて数日後にまた現れる。会っている間は、理性を感情がねじ伏せてしまうみたいだ。

　料理はとても美味しかったはず。いつものことだが、ほとんど味わえない。それから、タクシーに乗って、彼女のアパートへ二人で向かった。時刻は十時を少し回っている。ワインを飲んだので、気分が良い。少々ぼんやりとはしているけれど、今日は仕事も休んで、昼頃まで眠っていたので、全然疲れてはいない。まだ、眠くもなかった。

　少し手前で車を降りて、コンビニに立ち寄ることにした。コーヒーの豆と、ミネラルウォータとお菓子を買った。金子は大きなボストンバッグを持っていて、店の外で待っていた。欲しいものはなにもないらしい。

夜道をアパートへ歩く。もう少し良い部屋へ引っ越したいと思いつつ、もう数年になる。一応鉄筋コンクリートだけれど、冬はとても寒い。一人だから寒いのかもしれないが。

エレベータで四階へ上がり、通路を歩く。駐車場が見下ろせる。道路の向かいには、グラウンドのネットが空気に淡い色を添えている。

玄関の鍵を差し入れて捻る。レバーを倒し、肩でドアを押して入った。金子が来ることがわかっていたので、部屋は片づけてある。いつもだったら、玄関には、彼女の靴が二列に並んでいるところだが、それも段ボール箱に入れて押入に仕舞った。なにしろ、靴箱が小さすぎるのだ。ブーツの置き場所にいつも困っている。

「駄目だよね、こんなところに住んどったら、人間までかび臭くなる。わかっとるんだけど、なかなかねえ」反町は靴を脱いでさきに上がった。

金子がドアを閉めて、バッグをまず床に置く。反町は、そのバッグを持って、奥へ進んだ。左右にドアがあって、片方はほとんど倉庫。もう片方はバスルームである。リビング・ダイニングと、もう一部屋だけ、寝室がある。一応ほんの少しだが、南向きのベランダがあって、近くの川が眺められる。春には桜が綺麗な場所だ。

ガラス戸を開けて、リビングに入った。そこで照明のスイッチをいれる。キッチンのテーブルにコンビニの袋を置く。すぐ近くにある寝室のドアを開けて、バッグをその中に入れた。それから、キッチンへ戻って、ミネラルウォータを冷蔵庫に入れる。

金子が部屋に入ってきた。

「なんか飲む？　ビールなら冷えてるよ」

「じゃあ、ビール」

「シャワーを浴びてからの方が美味《うま》いかもしれんよ」

「じゃあ、シャワー」

「ほんじゃ、すぐ入ってきな。たちまち出てこなかんよ」

「なんで？」

「私もすぐ入るから」

「さきに入ったら？」金子が真面目な顔で言った。

「えっと、ひとつメール書かないかんのだわ、仕事の関係で。それを片づけてから」

金子は頷いて、上着を脱いだ。寝室の中へ入っていった。バッグがそこにあるからだ。

反町は窓際のソファへ行き、そこの低いテーブルにのっているノートパソコンを開いた。スリープから覚まし、メールを読む。幾つかリストが増えた。まず、予定していた仕事のメールが届いているのを確認。成分分析の結果を送ったのだが、それに対する質問が戻ってくることになっていた。裁判に使われるデータで、期限がぎりぎりなのだ。

メールを開けると、特に大きな問題はなかったようだ。細かい点についての確認だけである。思わず、嬉しくなる。その場で短いリプライを書く。一つだけ、引用するべきサイトのURLを示しておく。もう一度読み直して、それを発信した。

残りのメールは友人からのものが二通。西之園萌絵からも届いていた。それを読むのは後回しにして、迷惑メールをサーバから削除する。五通ほどあった。最後の一通は、差出人が文字化けしている。読めるのはサブジェクトだけで、《ηなのに夢のよう》と書かれていた。最初、その文字を、アルファベットのnだと彼女は思った。

開けてみる。差出人名はやはり読めない。本文は、短かった。

窓の外を見ろ。

いつかきっとこうなることはわかっていた。

大切にしろ。

今は自分の中にあると認められるものを。

「何だ、これ」反町はふっと息を漏らして呟いた。質《たち》の悪い迷惑メールだ。彼女はそれをゴミ箱に捨てる。続いて、西之園萌絵からのメールを読もうと思ったが、バスルームが気になったので、立ち上がった。バスルームの手前のアコーディオン・カーテンを開けて、中のガラス戸をノック。金子が気づいて、少し戸を開けた。シャワーで水が流れる音が大きくなる。頭を洗ったようだ。髪が濡れていた。

「シャンプー、わかった？」

「わからんけど、ここにあったのを使った」

「あらら、それじゃないの、買っといたのに。このまえも、そうだったね」

「さきに言ってほしいなあ」

「悪ぃ悪ぃ」

戸を閉める。たしかに、気づくのが遅かった。

彼女は廊下を戻り、キッチンの冷蔵庫へ行く。缶ビールを一つ取り出した。それとグラスを二つ持って、ソファへ。彼を待とうかとも思ったけれど、まず、味見をすることに。缶を開けて、グラスに注ぎ入れる。泡に口をつけた。喉を冷たさと僅かな抵抗感が通り過ぎる。

ソファから、ガラス戸のカーテンを見た。

グラスを持って立ち上がり、そのカーテンを避けて、窓の外を覗く。

暗い。

ビールの二口めを飲む。

公園、そして、川が見える。常夜灯が大きな木の内部で光っているようだった。

窓ガラスに顔を近づけた。
しかし、いつもの風景を遮るものがある。
黒いものが、そこに立っていた。
一瞬、血の気が引く。
え、何？
立っている？
まず、ガラス戸の鍵を見た。
鍵はかかっている。
出かけるときには、締めたはずだ。
誰？
動かない。
もう一度、顔を近づける。
冷たいガラス。
恐ろしい顔が、そこにあった。
足許でなにかが炸裂。
下を見る。
ガラスが割れた。

持っていたグラスを落としたのだ。
ビールが、冷たいビールが。
飛ぶ。
白い泡が。
もう一度、
窓の外へ、視線を向け。
え？
何？
誰？
後退。
ソファの角に腰をぶつけ、彼女は後ろに倒れた。
大きな音が。
「どうした？」後ろから金子の声。
痛い。
カーテンは開いたまま。
その闇の中に。
「来て！」大きな声が出ない。もう一度力を込めて。「勇二！」

「なんだよ。どうした？」彼が部屋に入ってきた。バスタオルで頭を拭いている。「コップを割ったのか？」

「ベランダに……」彼女は指をさした。床に座ったままだ。

「ベランダ？」金子は数歩で、近くまでやってきた。「何だよ？」

「人がいるの」

金子は床のグラスを見た。

「あ、危ないから、スリッパを履いてきて」反町は言う。

「あ、そうだな」金子は引き返して、玄関の方へ行った。

こんなときに、どうしてスリッパなんか必要なのか、と彼女は思った。しかし、この僅かな数秒間で、呼吸も戻り、自分が置かれている現状を把握した。彼女は素早く立ち上がった。

金子がスリッパを履いて戻ってくる。バスタオルも置いてきたようだ。トランクスしか身につけていない。

「何がいるって？」

「人じゃないかな」

「人？」

「わからん。動かないから」

金子は床に注意して窓際へ行き、ガラスの外を見た。

しばらく見ていた。

動かなかった。

「どう?」

「誰だよ、これ」彼がこちらを向いた。「知り合いか?」

「え? そんな……、知り合いなわけないじゃん」

「どうして、ここに?」

「わからん、そんなことぉ!」反町は叫んだ。

「大丈夫だから、落ち着けって」金子は言った。「首を吊っているんだ、たぶん」

「え? 死んでるの?」

「開けるぞ」

「ちょっと、待って。気をつけて。えっと、まず警察に電話した方が良くない?」

金子は、反町の言葉を無視して、鍵を外し、ガラス戸を開けた。外を覗く。冷たい空気が室内に流れ込んでくる。

「寒くない? なんか着なさいよ」そう言いながら、反町は金子に近づいた。

彼女もベランダを見た。

男だ。

黒っぽい服装。

靴は履いていない。足は宙に浮いている。靴はどこだろう？

ベランダの庇《ひさし》の先からぶら下がっている。ロープがどのように上で固定されているのか、よく見えない。

「死んでるの？」

「たぶん」

「なんで、こんなところに？」

「知らない奴か？」

「知らん。全然知らん」

金子は舌打ちした。

「ちょっと、もう閉めようよ」

「まいったなあ」

彼はガラス戸を閉めた。

反町は、そのガラス戸に鍵をかけた。理由は自分でもわからない。なんとなく、そうしなければ不安だったからだ。

「ね、どういうことだと思う？」反町は彼の手を握っていた。離れられない。

「どうやって、ここに入ったんだ？」

「知らんよぅ」

「警察に電話をしよう。俺がしようか？」

「うーん、できると思う」

反町は廊下へ戻って電話をかけた。案外しっかりとしている自分を客観することができた。その間に、金子は洋服を着た。「ビールが飲めなくなって残念だ」などと言っていたが、もちろん、反町は笑えなかった。

だんだん、恐くなってきた。寒気がする。しばらく、座ることもできず、肩を壁につけ、少し斜めになって立っていた。気がつくと、指を噛んでいる。頭はなにも考えられない。

金子が、割れたグラスを片づけてくれた。でも、大きなものだけだ。細かいものを掃除機で吸うのは、警察に確認してからの方が良いだろう、と彼は言った。

その作業が終わって、やっと反町は彼に抱きつくことができた。そのときには、さらに恐くなっていた。

「大丈夫？」金子が小声できいた。

「わからん。どうして？」自分の声が変だと思う。「変だよね、絶対に……。こんなことってある？」

涙が出る。

不思議だ。悲しいわけではない。

「これから、どうするの?」彼女は涙声できいた。

「え? どうするって?」

「明日はどうするの? 明後日はどうするの?」

「大丈夫だって」

「私、ここで一人になるわけ?」

そんなことを考えているんだ、自分は、と彼女は思った。

第3章　儚《はかな》い死に場所

こういう空虚な、そして安らかな瞑想《めいそう》状態のうちにある彼の耳に、教会の塔から朝の三時を打つ時計の音が聞えてきた。窓の外が一帯に薄明るくなりはじめたのもまだぼんやりとわかっていたが、ふと首がひとりでにがくんと下へさがった。そして鼻孔からは最後の息がかすかに漏れ流れた。

1

犀川を乗せて自宅へ向かっている途中で、西之園萌絵は携帯電話の振動音に気づいた。車を道路脇へ寄せながら、携帯の画面を見る。反町愛からだった。

「ラヴちゃんだ」西之園は呟く。「著《いちじる》しくタイミングの悪い子なんですよねぇ」

「意味がわからないけど」助手席の犀川が言う。

「もしもし？」携帯を耳に当てた。

「あ、西之園か？」男の声である。

「あれ、金子君？　私に決まっているでしょう、私の携帯なんだから」

「悪いけど、すぐに、こちらへ来てもらえないかな」

「え、どこへ？」

「反町んとこ」

「どうしたの？」

「もうすぐ、警察も来る。反町の部屋のベランダで、男が死んでいるみたいなんだ」

「は？　誰が？」

「いや……、誰かはわからん。反町の知り合いでもないらしい」

「隣の人とか？」

「とにかく、ちょっと、彼女がびびってるから、お願いしたいんだけど。ここじゃあ、休むわけにもいかないし」

「わかった。すぐ行く」

ところが、そこで声が途絶えた。向こうで話をしているようだ。物音が聞こえた。

「あ、私」反町が電話に出る。

「ラヴちゃん、大丈夫？」

「大丈夫、良いよ、来なくても」

「ううん、ちょうど車に乗ったところなの、すぐ行くから」

「今ね、お巡りさんが来たみたい」

「なにか、心当たりがある?」

「ないよぅ、そんなの。どうなっとるのか、さっぱりだわさ。ああ、もう、信じられんよ、こんなの」反町の声に、ヒステリックな響きが感じられた。

「とにかく、すぐ行くから。待ってて」

「ありがとう」

電話を切った。

「反町さんのところへ行きます」車を出しながら西之園は言う。

後方を確認して、一気に三車線を斜めに渡り、交差点の右折車線に入った。信号が変わり、彼女はそこでUターンする。アクセルを踏み込んで、リアをスライドさせた。タイヤが鳴る音を後に、車は急加速する。

「急ぐような用事?」犀川がきいた。

「反町さんの部屋のベランダに、知らない人の死体があったそうです」

「へえ」

「警察はもう到着しているみたいでしたし」西之園は前を向いたまま話す。「金子君が一緒だから、大丈夫だとは思いますけれど」

「だったら、こんなに飛ばさなくても良いんじゃないかな」

「あ、それはそうですね」西之園はアクセルを踏んでいた足を少しだけ戻す。

「ああでも、可哀相。彼女、うちへ連れてきた方が良いですね」いろいろさきのことまで考えてしまう。


メインストリートをしばらく引き返し、右折をして南へ向かった。反町のアパートは、彼女が勤務しているN大学病院よりはN大学のキャンパスに近い。十五分もかからずに到着することができた。

アパートの駐車場でパトカーの回転灯が赤く明滅して見えた。救急車も道路脇に駐まっている。西之園は道の反対側の脇道に車を入れて停めた。高い柵沿いだ。学校のグラウンドである。反町のところへ来るときは、ここに車を駐車することが多かった。

彼女と犀川は道路を横断して、建物の敷地にある駐車場へ入った。見上げると、四階の通路で反町愛が手を振っていた。隣に金子もいる。部屋の外に出ているようだ。

入口の前には、沢山の見物人が集まっていた。その横を通り抜け、ステップを上がり、建物の中へ。エレベータの前に警官が立っていた。

「上の部屋の反町さんの友人です。彼女に呼ばれて来たんですけれど……」西之園は説明した。

警官は黙って頷いた。エレベータに乗って、二人は四階まで上がった。ドアが開くと、反町と金子が待っていた。

「ごめんね。犀川先生も、申し訳ありません。こんな時間に」反町が眉を寄せて言った。

西之園は通路へ出て、反町の部屋の方へ見にいく。玄関のドアが開いていたので、中を覗いた。玄関の横に警官が一人。途中のガラス戸が閉まっていて、奥のリビングやベランダまでは見通せなかった。警官がじろりと彼女を睨んだので、軽く頭を下げて、引き返す。

「大丈夫？　びっくりしたでしょう？」西之園は改めて反町に近づき、彼女の背中に手を回す。

反町は西之園に抱きついた。反町の方が背が高い。数秒間で、彼女は離れた。そして、大きく深呼吸をするように溜息を漏らした。

「ああ、良かったぁ、みんながいて」反町が言う。笑っているが、泣きそうな目だった。「一人だったら、どうなっとったか、わからん」

「誰なのか、わかったの？」西之園は尋ねた。

「さあ、それが全然。近所の人でもないと思う。今、アパートの管理人さんが来とらっせるみたい」

「いくつくらいの人？」

「いくつくらい？」反町は金子の方を振り返った。

「若い」金子が答える。「俺たちと同じくらいか、もっと下かな」

「死んでいるって、どうしてわかったの？　触ったの？」

「触らんて、そんな」反町が言った。

「どうして？　ラヴちゃん、医学部でしょう？」

「ああ……、なんか今、デジャヴ」反町が額に片手を当てて上を向いた。「萌絵と二人でなくて良かったぁ」

「泥棒に入ったけれど、心臓発作で倒れたとか？」西之園は想像していた一番確率が高そうな可能性を口にした。

「首を吊っていたんだ」金子が言った。

「え？　本当？」西之園は驚いた。「人の家のベランダで？」

「そうだよ、だから、びっくりしとるんじゃない。もう、どうなっとるの、いったいこの世の中」反町は今は金子に躰を寄せている。

西之園は考えた。ここ最近、首吊り自殺については、特別な二件の情報が彼女の頭にあったからだ。

沈黙がしばらく続く。

「言いそびれたけれど……」犀川が口をきいたので、西之園は瞬時に彼の方を見た。犀川は金子を見ていた。「久しぶり」

「あ、先生、どうも」金子が頭を下げた。

また沈黙。

「なんだ、ただの挨拶ですか?」西之園は囁いた。

2

西之園萌絵が、その場所にいたのは、三時間ほどだった。刑事たちがやってきたが、彼女の顔見知りではなかった。反町愛は何度か呼び出され、部屋の中に入っていった。しかし、すぐに出てきて、エレベータホールで立ち話に加わった。金子が一度コンビニへ行き、温かい缶コーヒーを買ってきたので、みんなでそれを飲んだ。

死体は早い段階で搬出され、救急車で運ばれていった。警察の話では、特に争ったような形跡はない。すなわち事件性はない、とのことだったが、もちろん、正式な判断は検屍の結果を待たなければならないだろう。死んだ彼が誰なのかは不明だが、単に自殺をしただけ、という可能性が高い。ただ問題は、どうやって、そして何故、彼が反町の部屋のベランダに入ったのか、という点だった。

玄関は施錠されていたし、ベランダへ出るガラス戸も鍵がかかった状態だった。それは、反町も金子も確認をしている。いずれの鍵も警察の鑑識が調べてはいたが、死んだ男が、反町の部屋の中を通ってベランダへ行った可能性は極めて低いだろう。となると、ベランダ側を、壁伝いに上がってきたのか、それとも屋上からロープを使って下りてきたか、のいずれかである。建物は五階建てなので、屋上からであれば、五、六メートルと比較的近い。地面から四階までよじ登ってくることに比べれば簡単だろう。屋上へは階段で上がることができる。屋上へ出るドアもいつでも開いているらしい。周囲には手摺《てす》りはあるものの、乗り越えるのは難しくないという。そんな話を四人はした。つまり、方法については、それほど不思議ではない。問題はやはり、どんな理由で、この死に場所を選んだのか、という点だった。

「まさか、このまえの、あの変な事件の続きじゃないよね？」反町が西之園に囁くように言った。

「え？　θ《シータ》の？」西之園は少し緊張する。話すべきかどうか迷った。「どうして？」

「あ！　そうだ、忘れとった」反町は宙を見つめる視線で一度停止した。「そうか、変なメールが来とったんだ。そこに、窓の外を見ろって書いてあった」

「メール？」西之園も驚く。

「ああ、どうしよう。嫌だぁ、誰だろう、こんな嫌がらせするなんて」

「ねえ、メールって、どこから？」

「ちょっと待って、パソコンを持ってくる」そう言うと、反町は通路の方へ出ていった。部屋の中に入って、パソコンを持ち出すつもりなのか。

「このまえのって、飛び降り自殺の？」金子が西之園に近づいて、低い声で尋ねた。

「そう。聞いてる？」

「うん、だいたいは。θってのは、ネットで自殺者を集めているサイトだったとか」

「ちょっと違うけれど、だいたい、そう」西之園は頷く。「今回も、もしかしたら、同じかもしれない」

「首吊りの事例が既にあるとか？」離れたところに立っていた犀川がきいた。

「ええ、実は」西之園はそちらに向かって答える。「さっき少しだけお話しした例の……」

「できれば、今夜は、やめてほしいな」金子が言った。

「そうだね、私もそう思う」西之園は溜め息をつく。「犀川先生にも、今夜は話すのをやめようと思っていたんですよ」

「紛《まぎ》らわしい言い方だね」犀川は口もとを僅かに緩めた。

反町愛がノートパソコンを持って戻ってきた。

「もう少ししたら、部屋を使えるようになるって」反町は言った。「今夜は、こいつがいるから大丈夫だけれど、明日からどうしよう」

「それは、あとでゆっくり考えよう」西之園は笑ってみせる。

「うん、そうだね」頷いてから、反町は周囲を見る。「うんと、ちょっと、持ってて」

開いたパソコンを金子が持ち、反町はトラックパッドに触れて操作した。液晶画面のライトが、彼女の顔を白く照らす。

「ああ、これこれ」反町が後ろで見ていた西之園を振り返った。

パソコンに現れたウィンドウは、メールの文面だった。その短い文章を西之園は目で追った。

たしかに、窓の外を見ろ、とある。しかし、詩のようでもあった。どこかからの引用みたいにも思える。差出人は、アドレスはアルファベット、名前は文字化けしていた。そして、最後にサブジェクトを見て驚いた。《ηなのに夢のよう》と書かれているのだ。近づいて、もう一度文字を確かめた。まちがいない。

「そうか……」西之園は呟く。「話さないわけにはいかないようね」

「何を？」反町が首を傾げた。

「η」西之園は答える。

「イータ？」

「このメールのサブジェクトにある」

「あれ？　それって、n《エヌ》じゃないの？」

「違う」

「ああ！」反町は高い声を出し、すぐに片手で口を塞《ふさ》いだ。「ギリシャ文字の？」

θ《シータ》との関連に彼女も気づいたのだ。見開いた目が、西之園を捉えたまま微動し、つぎに視線は周辺を彷徨《さまよ》い、やがて、横にいる金子に行き着いた。

「このメール、刑事さんに、ちゃんと見せなきゃ駄目だよ」西之園は言う。

反町はこちらを見て、無言で頷いた。

三人が、西之園を見て話を待っている。彼女は、二件の首吊り自殺について簡単に説明した。最初の事件は先々週だ。廃墟になっている神社の境内。松の樹の先、高さが十メートルはあろうかという場所で、若い男性が首を吊っていた。同じ神社からは、《ηなのに夢のよう》と書かれた鉢巻と絵馬が発見されている。また、今週になって、場所は離れているが、那古野市南区の公園の池で、やはり若い男性が首を吊っているのが発見された。島に生えている樹の枝にロープが結ばれていた。ボートがなく、どうやって彼が島へ渡ったのかが議論になっている。その島でも、やはり同じ文句が書かれた絵馬が発見された。二つの事件では今のところ、明らかに他殺であるという痕跡は見つかっていない。

「だったら、どうして外でやってくれなかったの？」反町が声を震わせた。

「外だよ」金子がぼそっと言う。「いちおう」

意外なところから返事が来て、反町はびくっと震えるようにして、金子を振り返った。二人はまだ躰を寄せ合ったままだ。

「とにかく、直接、危害を加えるといった危険な性格のものではない」西之園は言った。「救いといえば、そこかな」

「どうしてそんなことが言える？」反町がきいた。

「今のところは、ということ」西之園は言葉をゆっくりと発音した。「落ち着いて、大丈夫よ」

「ごめん」反町は目を瞑り、小さく何度も頷いた。「そうだ、うん、たまたま私のところだっただけかもしれない」

「うーん、それは、違うと思う。いえ、驚かすわけではないけれど」西之園は続ける。「だって、メールを送ってきているのだから、ラヴちゃんのメアドも、住んでいるところも、どちらも知っていて、あなただとわかって、やった。その認識はしなくてはならないと思う」

「そうか……」

「メールのこと、警察には私からも言っておきます」西之園は言った。「この関係の事件だとなれば、一課が出てくることになる。三浦《みうら》さんに電話を入れておくわ」

「警察がずっと守ってくれる？」反町が小声できいた。

「いえ」西之園は首を横にふる。「でも、大丈夫、私が守ってあげる。心配しないで。今日は、私の家に来る？」

「うーん」反町は金子を見た。「どうしよう？」

「西之園君」突然、犀川が呼んだ。

「はい？」西之園は犀川の方を振り返る。階段に近い暗い場所に彼は立っていた。メガネだけが光っている。表情はよく見えない。

「屋上を見てこよう」犀川は言った。

「あ、はい」

犀川はさっさと階段の方へ歩きだす。西之園は、反町と金子の方を一瞥してから、犀川を追いかけることにした。反町たちは、来ないようだった。

3

階段の途中で犀川に追いついた。五階で一度、通路へ出て様子を見にいく。また階段に戻り、黙ってそこを上った。ペントハウスの鋼鉄製のドアを押し開けて、屋上に出る。誰もいなかった。いずれ、警察が調べにくるだろう、と西之園は想像した。

犀川は北側の手摺りの方へ歩いていく。ベランダは南側なので、反対になる。方向を間違えている、ということはないだろう。建築学科の教官なのだ。彼は手摺りにもたれかかってこちらを向いた。北側の風景を眺めるわけでもなさそうだ。

「どうして、屋上へ？　煙草は駄目ですよ。灰皿がありませんから」

「いや、彼ら二人は、話をしたがっていた。外《はず》した方が良いと思って」犀川は言った。

「あれ、そうでした？」西之園は少し驚いた。犀川の気遣いが意外だったからだ。これくらい自分にも気を遣ってもらいたいものだ、と一瞬思った。しかし、話をする良い機会である。「どう思われます？　この事件」

「うん」犀川は小さく頷いた。「あまり、関わらない方が良いね。とても危険だ」

「どういった点が危険ですか？」

「悪事が行われていない、という点だ」犀川は言った。

「悪事が行われていない？」

「強《し》いていえば、正しいことが行われている」

「正しい？」彼女は首を捻った。捻らざるをえない。

「たしかに、世間一般の常識からすれば、とんでもない突飛なことのように思える。それに、死んだ人間がこんなふうに飾られるのは、常軌を逸している。そう感じられるだろう。みんな、眉を顰め、不快に思う、遠ざけたがる、不安になる。しかし、まったく悪事は行われていない。どこにも悪意は感じられない」

「そうですか？」西之園は瞬きをする。計算をした。しかし、答は得られない。何を計算すれば良いのか、曖昧《あいまい》すぎる。「明らかに迷惑だと思いますけれど」

「その程度だ」

「うーん、でも、人が死んでいるのだし」

「人が死ぬのは、ごく自然なことだよ」

「それは、そうですけど、でも、悪意がないっていうのは、私には理解できません。完全に逆です。悪意に満ちているとしか思えない。世間を混乱させてやろう、人々を不安に陥れよう、そういった意図が感じられます」

「どうして、不安になる？」

「それは……、やっぱり、一番大きいのは、理由がわからないからです。これだけのことをやる精神が、普通ではないというか、うーん、ええ、やっぱり、意味がわからないものって、不安ですよね？」

「誰の目にも明確な怨恨《えんこん》で人を殺した、というような理由がはっきりしているものだったら、不安にならない。一方では、通り魔みたいに、理由もなく人を殺して回るものは、理由がわからないから恐い。それはどうしてだろう？」

「たぶん……」その問題については、すぐに計算結果が得られた。「それは、理由が理解できれば防ぐことが可能だからです。怨恨で人を殺したという理由がはっきりとわかっていれば、自分の身の回りで、怨恨が生じないようにすれば良い。なんらかの対処ができます。でも、理由もなく人を殺す人がいるとなると、何をどうすれば良いのかわからない。それが人々を不安にするのだと思います」

「しかし、怨恨で殺される確率の方が、通り魔で殺される確率より高い」

「人によるのでは？」

「では、そんな不安にさせるような報道をしなければ良い。通り魔殺人が実際に起こっても、なにも報道しない。ひた隠しにする」

「でも、真実を知りたいですよね」

「うん、真実とは？」

「何が起こったのか、という事実です」

「そうだ。そのとおり」犀川は頷いた。「通り魔が人を殺した。それが真実だ。目撃者もいただろうから、おそらく真実だ。しかし、怨恨で人を殺した場合、本人が怨恨でやりましたと自供したとしても、はたしてそれは真実だろうか？　通り魔が、理由もなく殺しました、と言えば、それが真実だろうか？」

「いえ、えっと、撤回します。真実ではなく、納得のいく理由が欲しいのです」

「であれば、どんなものでも良い、それらしい理由をでっち上げれば良いのでは？」

「うーん」西之園は腕組みをした。「たしかに、それはそうかもしれません。では、今回の事件も、納得のいく理屈をつけられれば、それでみんなが安心できる、ということになりますね」

「そうなる。それが真実や正解である必要などどこにもない。動機というものは、本来そんなレベルのものなんだ」

「けれど、たとえば、面白いからやりました。では、納得ができません」

「そう……、つまり、本当は面白いからやっていたのに、犯人が本当のことを自供しても、それでは納得してもらえない。変な話だね。どこに問題がある？」

「問題？」

「納得できるものと、納得できないものの違いは何？」

「えっと……」西之園は考えた。「あ、そうか。つまり、面白いから、という理由では、防衛のしようがない、ということですね」

「そうだ。それが、いわゆる納得できる理由ということだ。どういった種類のものが動機として認められるのか。それは、加害者にもなんらかの正当性がある、という観測あるいは評価だ。たとえば、復讐で殺す、というのは、加害者が過去に負った不利益が原因で、辛い目に遭ったのだから、殺そうと考えてもしかたがない。つまり、ある程度は同情することができる。そういった種類のものだ」

「ああ、そうですね。つまり、事前に個人的な人間関係があって、ある程度の警告が発せられたものなのです。だからこそ、気づけたはずだ、注意をしていれば、そうなるまえに防ぐことができたはずだ、と考えるわけです」

「考えるだけだよ」犀川は微笑んだ。「防げるという幻想を持てるだけだ。その場では納得できても、自分の身の上に起こったものは、全然納得などできない。もっと感情的になって、人を攻撃することもあるだろう。人は誰も、自分の立場でしかものが見られない。ニュースで子供が親を殺した事件を見たら、その予防線を張ることができるだろうか？　もし、その理屈が正しいならば、ニュースで報道すればするほど、同様の事件は減少するはずだ。そういったデータがあるだろうか？　むしろ逆かもしれない。殺人はある種の解決であり、そういった解決の方法があることを、ニュースを見る人間に広める効果がある」

「先生のおっしゃりたいことが、よくわかりません」

「特に言いたいことがあるわけじゃない。どうして、世間の人が、そういった理由で納得するようになったのかな、と考えているだけだ。ただ、今回は、無差別殺人ではない。理由もなく人が殺されているわけではない」

「それは、まだ証拠が不充分だと思います。自殺したのではないかもしれません」

「では、自殺したのではない。殺されたのだとしよう」犀川は西之園を真っ直ぐに見据えた。ときどき、こうして彼に睨まれると、こんなに恐い目だったかしら、と驚くのだった。「だとしたら、理由もなく殺されているかもしれないところを、自殺したのだという非常に納得のいく理由が提示されることで、人々を不安に陥れないように、最高のサービスがなされていないだろうか？」

「サービスというには、あまりにも……。そんなことありえないと思いますけれど。いえ、でも、もしそんなサービスだったとしたら、もっと普通の自殺に見せかければ良いではありませんか？　なにも、こんなに目立つことをしたり、メッセージを残したりしなくても……」

「その理由は、君が持ち出した仮定を崩そうとしている」犀川は言った。「他殺説を打ち消す方向の理由だ」

「それでは、先生は、ギリシャ文字のメッセージがあったり、今回のようなデコレーションが行われている理由は、それが自殺であることをアピールしているのだとおっしゃるのですか？」

「今の議論では、そう受け取ってもらってまちがいではない」

「自殺であることをアピールする……」西之園は言葉を繰り返した。「どういうことでしょう？　プライベートなものではない自殺、という意味でしょうか。宗教的な、あるいは、連帯的な、といった……。メッセージは、具体的に、どういった意味に取れますか？《θが遊んでくれたよ》も《ηなのに夢のよう》も、特に意味があるようには思えませんけれど」

「そう、僕たちにはね……。しかし、それは、仏像の頭の後ろにある円盤には何の意味があるのか、という疑問と同じことだ。部外者にはわからない。ただ、なにかの象徴であることにはちがいない。崇拝する者にはそれが意味のあるものに見える。部外者には、単なる偶像、イドラにすぎない」

「すべて、意味はない？」西之園は首を傾けた。

「たとえば、仮に意味があったとしよう。なにかを示していたとしよう。しかし、その示すものもイドラだ。我々の側の理由ではない。我々の側の理由があれば、それこそ、さらにもっと大きな謎が生まれるだけだね」

「でも、世間では話題になっています。テレビでも取り上げられています。マスコミは、なんらかのメッセージだと大騒ぎしているのです」

「そこに理由を見つけたいからだ。それは、無差別殺人に動機を求めるのと、まったく同じメカニズムだね。そうすることで、自分がひとまずは安心を手に入れたい。問題を問題のままにして放置しておけない、そうなる状況の原因は、つまり、メモリ容量が足りなくて、シングルタスクしかできなかったパソコンみたいなものだといえば、想像できるだろう？」

「酷い言い方ですね、それは」西之園は微笑んだ。実は、可笑《おか》しかったからだ。

「うん」犀川は簡単に頷いた。「たしかに酷いな」

「なんですか、ということは、真賀田博士が、我々凡人に頭の悪さを思い知らそうとしているのでしょうか？」

「それは飛躍しているし、残念ながら、自己を卑下《ひげ》している。僻《ひが》んでいる」

「それも酷いですね」西之園は口を尖らせた。しかし、そのとおりだとは思った。「よくわかりません。整理ができません」

「整理のしようがない、と僕は思う」

「先生は、どうすれば良いとお考えですか？」

「どうする、の主語は？」

「たとえば、警察、社会、私、そして先生自身」

「逆から答えよう。僕は、今現在、どうする必要もないと考えている。情報を取捨選択して、蓄積する以外にない。何が隠されているのか、僕が知る機会はおそらくないだろう」

「どうしてですか？」

「そんなに早く結果が現れるものではないような気がする」

「それにしては、起こっている事件は、性急なふうに見えますけれど」

「性急？　誰が急いでいるのかな？」

「あ、いえ、わかりません」

「中心ではない。周囲で巻き込まれた連中が急いでいるんだ。それは、自分たちの寿命と比較しているためだろう」

「意味がわかりません」

「続けよう、君がどうすれば良いか、立場は、僕とほぼ同じだと思う。しかし、少なくとも、君が思考することだ。君の自由だ。社会がどうするのかは、誰にも決められない。警察がどうするのか、それは、警察による。警察の中でも、ちゃんと核心を捉えている人たち、あるいは部署は存在するはずだ」

「警察の中？　公安ですか？」

「まあ、そうだね」

「なにかご存じなのですか？」

「いや」犀川は首を一度だけふった。「興味はない。さあ、もう戻ろう。下の二人も話はついただろう」

「上の二人は話がついていません」

「うーん、その原因は何だろう」

「愛情の差でしょうか？」西之園は言った。顔が笑っているかもしれない、と自覚。

「それ、ジョーク?」犀川はきいた。

4

この夜の捜査は、朝方の四時頃には一旦終了した。金子と反町は、西之園の誘いを辞退し、反町のアパートに留《とど》まった。警察がまたやってくる。その場を離れるわけにはいかない、との判断だったが、もちろん、それはアパートの管理人に任せる手もあったわけで、やはり友人への遠慮にほかならない。また、反町一人だけだったら、絶対にあの部屋には残らなかっただろう、と西之園は想像した。金子にしても、それが予測できたから、わざわざ西之園を呼び出したのである。

西之園は一旦自宅へ帰り、翌日の十一時にはN大に戻った。犀川もずっと一緒だった。多少、睡眠時間が短かったかもしれないが、この程度のことは日常でも軽い部類といえる。

犀川は、午後からの教授会でゆっくりできる、と話していた。西之園はC大へ行く予定だったが、国枝助教授に事情を説明して、反町のアパートに近いN大で仕事をすることにした。呼ばれたとき、できるだけ早く友人の元へ駆けつけよう、と考えたからだ。

山吹早月には研究関係のことでメールを書いた。彼からのリプライの中で、昨夜、加部谷恵美の家にみんなで集まっていたところ、探偵の赤柳初朗が訪ねてきて、二件の首吊り自殺について話題になった、と伝えてきた。気になったので、新しい情報があったかと尋ねると、特にはないが、神社で死体を発見したのは、C大で数学の非常勤講師をしている先生で、赤柳がそこまで調べていることが、多少意外だった、と山吹は書いてきた。西之園は、その数学教師のことは知らなかった。

夕方になっても、反町からは電話がなかったので、様子を窺《うかが》うため、こちらからかけてみることにした。余計なお世話だと言われそうだったが、反町は、見かけよりはずっと引っ込み思案な女性だ。自分からはなかなか言い出せない、といった面が多々ある。金子は今日にも仕事で東京へ戻ると話していた。あのアパートに一人だけでは心細いだろう。

「あ、ごめんごめん、かけようと思っとったとこ。あのね、大丈夫、彼がしばらくいてくれることになったの」

「しばらく？　会社を休むの？」

「うん、そうなった」

「へえ、それはそれは」西之園は安心したが、逆に、金子のことが少し心配になった。

「仕事、大丈夫なの？」

「うーん、まあ、大丈夫じゃないって」反町はそれを笑いながら話した。「その、ちょっと話し合ったんだけど、まあ、私が仕事を休んで彼のところへついていっても良いかなって正直思ったわけ。でもね、あの人、自分の今の仕事よりは、私の仕事の方が、貴重だって言うわけだ」

「貴重？」

「そう、つまり、うーん、今辞めてしまったら、もう一度同じポジションを手に入れるのが難しいってことかな」

「ああ、なるほど。え、じゃあ、金子君、会社を辞めても良いっていう覚悟なわけ？」

「あの、なんていうか、一緒に暮らすことになった。えっと、その、結婚して……」

「は？」

「まあ、式はたぶん、しばらく、やらんと思うわ。うん、そんな余裕、今はないでね、お互いに」

「ちょっとちょっと、ラヴちゃん？」

「何？」

「結婚するの？」

「そう言ったでしょう？」

「あ、そう、へえ……、彼が、言ったのね？　つまり、それ、プロポーズされたんだ」

「うーん、まあ、はは……」反町は吹き出した。「何？　可笑しい？」

「可笑しくないよ。なに笑ってるの？」

「いやいやいや、まあ、そういうわけだでね」

「急展開じゃない？」

「急転直下ってやつだわな」

「あ、それはどうも、おめでとう。ていうか、駄目、私、心の準備ができてない。今度、改めてちゃんと祝福をします。うん、どうもまだ実感がわきません」

「萌絵が実感わかんでもいいんじゃない？」

「ああ、とにかく、えっと、何の電話をしようとしてたんだっけ。あ、そうそう、それじゃあ、大丈夫なのね？　私のところへ泊まりにくるかもって思ってたんだぁ」

「大丈夫大丈夫。警察の人、今日も来たけど、もう終わったし。夜は、たぶんどこかへ出かけるかも」

「どこへ？」

「内緒」

「なんか、ちょっと腹立たしい」

「へへんだ」

「ちょっと、調子に乗ってない？」

「乗ってるかも。じゃあねぇ、悪く思わんといてね」

「はいはい」

「ばいばい」

電話を切ってから、西之園は溜息をつく。口を尖らせていた。そして、じわじわと嬉しくなって、自分が笑顔になるのがわかった。

5

一時間後、西之園萌絵は愛知県警の建物にいた。捜査一課の鵜飼《うかい》に電話でアポを取ってあった。鵜飼は満面の笑みで彼女を出迎え、通路を奥へと案内した。

「いやあ、では、今日はこちらで」部屋のドアを開けて、彼は手招きする。今まで入ったことのない部屋だった。

「あれ、ここは何の部屋ですか？　初めてですね」彼女は中に入る。

話をするときは、いつもは会議室だった。折り畳み式のテーブルと椅子が並んでいて、ホワイトボードだけがある殺風景な場所だ。それに比べると、ここは多少狭いものの、上等なソファと低いテーブル。奥には木製のキャビネットも置かれている。応接室のようだった。

片方に西之園が座り、テーブルを挟んで反対側に鵜飼が腰掛けた。

「反町さんのところ、えらい災難でしたね」鵜飼は言った。

「身元はわかりましたか？」

「ええ、わかりました。N工大の院生です。二十四歳。二キロほど東へ行ったあたりに下宿していました。出身は岡山県。二日まえに捜索願が出ておりました。連絡が取れなくなって、十日ほどだったようです」

「十日もどこにいたんでしょうか？」

「わかりません」

「死因は？　自殺ですか？」

「ええ、百パーセント断定はできませんが、不審な点は見つかっておりません。あの場所で、首を吊ったということになります。ベランダの手摺りの上に乗って、上の階の手摺りの金具にロープをかけた。それで、そのままぶら下がった」

「そういった形跡が？」

「はい、ありました」

「最初は、どうやってベランダへ？」

「屋上からですね」鵜飼は答える。「屋上の手摺りからロープで下りた。まあ、危険な真似をしたもんです」

「登山部ですか？」

「いえ、そんな話は出ておりません。あ、ロープも、ごく普通のものです。ホームセンタくらいで買ったばかりだったでしょう。建築工事などに使われるもののようですが」

「手は？　ロープを握って下りたら、手に痕が残りませんか？」

「残っていました。自分で下りたことは、まずまちがいありません」

「ほかの人間がいたような形跡は？」

「今のところ見つかっておりません。一人でやったようです」

「そうですか……」西之園は小さな溜息をついた。それから、もう一度顔を上げる。

「メールは？」

「ああ、はい、それについては、まだ、充分には調べておりません。ご遺族の協力も必要です。簡単には参りません。もちろん、手続きを踏んで、捜査対象になる可能性は高いのですが、いかんせん、まだ、ほかのものとの関連も明らかになっていないので」

「しかし、反町さんのところへ来たメールには、《ηなのに夢のよう》と書かれていたのです。同じメッセージの絵馬があったわけですよね、過去に二件も」

「はい。しかし、いずれも検屍結果はシロです。自殺した可能性が高い。あとは、自殺者三人が、どのような関係にあったのか、という点になりますが、以前と同様に、ネットで知り合っただけで、接触があったかどうかは……。もちろん調べてはいますけれど、直接の面識はなかった可能性が高いと思います。今のところ、表面的には、三人は無関係の人間に見受けられます。住んでいる場所も、大学も、郷里も、別々です。バイトでもクラブでも関係がありません」

「そうですか……、困りましたね」

「ええ、やりにくいヤマですよ」鵜飼は苦笑した。「ところで、昨夜は、あの現場まで、犀川先生もご一緒に来られたそうですね？」

「はい、そうです。たまたま一緒だったので」

「なにか、おっしゃっていましたか？　事件のことについて」

「うーん、そうですね、とても抽象的なことならば」

「どんなことでしょうか？」

「悪意が感じられない。それから、意味はないのかもしれない」西之園は昨夜の屋上での議論を思い出して話したが、記憶から引き出せるキーワードは僅かだった。「ああ、あと、性急になっているのは、中心からは離れた人間たちだとか」

「中心というのは？」鵜飼がきいた。

「それについては、私にはわかりません」

「悪意はない、ですか……」鵜飼は目を細めて顔を上げ、息を吐いた。「たしかに、自殺する人間たちには、悪意はないかもしれません。逆に、彼らにとっては、この世は悪意に満ちている、と見えるのでしょうか。そんな邪悪な世間に一矢《いっし》報いようとしていた、ということなのですかね？」

「自殺というのは、そんな仕返し的なものではないと私は思います。それは、むしろ、テロなのでは？」

「ああ、そうですね。そうしてみると、自殺とテロは、両極というのか、まったく反対のものでしょうか」鵜飼は言った。「うーん、駄目ですね、こういったことを考えるようにできておりませんです。警察の仕事ではないような気がします」

「中心から離れた人たちというのは、自殺者の周囲にいる人たちということかもしれません。人が死ぬというイベントを利用しようとしている。そこをデコレーションすることによって、宗教のプロパガンダにもなるし、またあるいは、個人的な殺人の偽装にも使われてしまう、と、そういった図式をこれまで見せられていたような気がしますね。本来は、もっとシンプルなものなのに、私たちの方が、難しく見ようとしていただけかも」

「難しいことをおっしゃいますね」鵜飼は首をふった。「私の頭ではついていけません」

「真賀田四季との関連については？　その後、なにか進展がありましたか？」

「まったく」鵜飼は首をふった。「こちらも、動きようがありません。ネット上の関連で、多少のつながりが認められただけです。妄想が広がっているだけの状況です。三浦さんなんか、頭を冷やした方が良い、なんておっしゃっているくらいです」

三浦というのは、鵜飼の上司、一課の主任である。

「頭を冷やせ、ですか……」西之園は繰り返した。「そうですね、熱くなりすぎると、回転数は落ちますから。それじゃあ、今日は、もうこれで……」

「あ、あの、西之園さん、実は、ちょっとお時間、よろしいですか？」

「はい、何ですか？」

「いいえ、実は、東京からこちらへ来ている人間なんですが、西之園さんが来られると聞いて、是非一度お会いしたい、と言っているんです。警視庁の沓掛《くつかけ》といいますが」

「どうして、私に？」

「真賀田四季関係の調査の中心的な立場にいる人間なんです。これは、私は詳しくは知りません。そうだろう、という憶測です」

「そんな秘密のことなのですか？」

「部署が全然違います。もう、同じ警察とはいえないくらい」鵜飼は笑った。「犀川先生とは面識があるようでしたよ」

「え、そうなんですか？」

「会われますか？」

「断れないのでは？」

「いえ、そんなことはありません。ご意思を伺ってくれ、と頼まれております」

「ご意思ですか」西之園は口もとを緩める。「ええ、ご意思というほどではありませんが、とくに異存はありません。お会いします」

「あ、では、少々ここでお待ち下さい」

「ああ、だから、この部屋だったのですね？」

鵜飼は軽く頭を下げてから、ドアを開けて通路へ出ていった。

6

沓掛は、今まで西之園が出会った警官の中では最も上等なスーツを着ていた。銀縁のメガネもブランド品のようだ。そういった点では珍しいカテゴリィに入る人物かもしれない。たとえば、大学の職員にもあまりいないタイプである。ただ、遠目に一見した場合には、大学の事務長に見える。髪型もそしてしゃべり方も事務的だった。

「先日のバスジャックのときに、初めて犀川先生にお会いしました」沓掛は話した。「大変、貴重な示唆《しさ》をいただきまして、感謝をしております」

「いえ、私におっしゃっても……」西之園は微笑んだ。「もちろん、犀川先生にお伝えすることは可能ですが」

「よろしくお伝え下さい」彼は真面目な表情のまま頭を下げる。

「あの、真賀田四季関連の捜査をなさっているとお聞きしましたけれど、具体的には、どんな方面を？」

「それは多岐にわたります。しかし、そうですね、具体的には、ほとんどはネット関連、つまり、データの収集と整理が主な作業です。今のところは。特に大きな実害が出ているわけではありませんので」

「真賀田博士はどこにいるのですか？」

「把握できておりません」

「何をしようとしているのかも？」

「同じく」

意外にもあっさりとした謙虚な返答だったので、西之園は少々不安になったが、同時に、この人物に対しては好感を持った。

「でも、今回の自殺者の行動などは、関連があると考えていらっしゃるのですね？　まえは飛び降り自殺でしたが」

「はい。たしかに、間接的な関連は認められます。しかし、それはせいぜい、真賀田四季に関係した人間がやっている、という証拠になるだけです。直接の関連ではありません」

「周辺にいる人間ですか？」犀川の言葉を思い出しながら、西之園はきいた。「どれくらいの規模の集団が、真賀田博士の周辺にいるのですか？」

「把握できておりません。もちろん、数人ではない。もっと大勢です」

「百人くらい？」

「あるいはもっと」

「そんなに沢山いたら、わかりそうなものですね」

「わかりそうなものまでも飲み込んで、大きくなったのです」

沓掛が言った意味を理解するのに一秒ほどを要した。同時に、この人物の思考レベルがだんだんわかってきた。相当に頭が切れそうだ。

「あの、私に会おうと思われた理由は、何ですか？」

「もちろん、目的は、西之園さんがお持ちの情報です。端的に申し上げますが、情報が不足しています。主な原因は、非常にコントロールされているためです。私は今のこの部署、この関連の仕事に就いて、まだ三年にしかなりませんが、一番感じているところは、それです。情報の多くは、いえ、ほとんどといって良いかもしれない、実は偽装のために作られたものです。ネットワーク自体が、真賀田四季の手の内にあるのですから、これは自然な成り行きかもしれません。ですから、そうなると対抗手段として、こちらは足を運んで、人間の話を直接聞いて回ることが大切になります。時代錯誤かもしれませんが、私には、これ以上に信じられるものはありません」

「人だって、本当のことを言うとはかぎらないのでは？」西之園は言った。「いえ、今のは他意のないジョークです。もちろん、知っていることはお話ししますし、これまでにも、話してきたつもりです。隠しているようなことはありません」

話しながら、はたしてそうだろうか、と西之園は考えた。それどころか、自分が持っている情報のうち、どれくらいが真実だろう、という疑問が常にある。真賀田四季に関する情報は、すべて真賀田四季が故意に見せたもの、演出された舞台を、観客席から眺めていたにすぎないのではないのか。

「最近、真賀田四季からのアプローチはありませんか？」沓掛がきいた。彼の表情で、それが今日の最も大事な質問であることがわかった。

「私に、ですか？」彼女はきき返す。「もちろん。ありません」

「わかりました。ありがとうございます」沓掛は五センチほど頭を下げる。「アプローチがあるのでは、と予想されていますか？」

「いいえ」西之園は首をふった。「私になんか、興味があるとは思えません」

「では、犀川先生には、アプローチがあると思われますか？」沓掛の三つめの質問だった。誘導尋問のようだ。本当に聞きたかった質問は、これなのだ。

「わかりません」彼女は即答した。それは正直な返答である。

わからないという意味は、すなわち、真賀田四季が犀川創平《そうへい》には興味を持っている、と考えていることになるのか。自分の口からたった今出た返事を分析すれば、そうなる。おそらく、沓掛も即座に同じ結果を導いたはずだ。次の質問は、何故、そう考えるのか、その根拠は、というものだ。彼女はそう予想した。

しばらく、沈黙があった。

「質問はそれだけですか?」西之園の方から尋ねる。

「いえ、今日は、ご挨拶だけをさせていただこうと思いました。今後とも、よろしくお願いいたします」

「こちらからお尋ねしても、よろしいでしょうか?」

「ええ、もちろん、お答えできることであれば」

「今回の首吊りについては、同じシリーズの事件として考えていらっしゃいますか?」

「はい」沓掛は頷いた。「実は、ネット上にそれらしい痕跡を既に発見しております」

「では、まだ続く可能性があるわけですね?」

「おそらく。これで終結ということはないでしょう」

「私の友人が狙われたのは、どうしてですか?」

「いえ、それはわかりません」

「もしかして、私が原因ですか?」

「おそらく、それはないものと思います。どちらかといえば、反町さんが、以前のθのときに関わっていたことの方が大きいかと……。ただ、あくまでも、場所として選ばれただけで、ある意味で、あそこは目立つ場所だった、それは、西之園さんにとって目立つ場所だった、という意味が含まれている可能性はあります。ですので、原因とはいわないまでも、まったく無関係ということではないかもしれません。それでも、これ以上の被害が、反町さんに、いえ、社会に対しても、及ぶことはまずないだろうと予想しています。もちろん、断定はできませんし、警戒を緩めることはできませんが」

「もう一点」西之園は指を立てた。

沓掛が顔の角度をほんの少し変更する。

「昔の話になりますが、那古野の空港で、着陸寸前の飛行機が墜落した事故がありました」

「はい、そんな説明をなさらなくても、よく承知しております」

「あの事故のことなのですが、日本の警察では、あれは犯罪として扱われているのでしょうか？」

「そのご質問を受ける可能性を予期しておりました」沓掛の表情はまったく変わらなかった。

西之園には、彼の反応が予想外だった。あまりにも自然に、当たり前のことのように受け取られたからだ。彼女はしかし、その驚きを表には出さず、じっと彼を見据えて返答を待った。

「表向きは、事故として既に処理され、事実上終結しています。調査委員会だけは存続しておりますが、これまでに公開された資料と、それに関する対策の結果を再調査、あるいは整理して、最後の報告書を取りまとめようとしているだけです。ほとんど事務的な作業が残っているだけです。しかし、我々は、つまり私の周辺ではという意味ですが、全然そうではありません。違います。あれは、歴としたテロとして認識されております。それは、当時から変わっておりません。そのような情報があったためです。当時の政府の判断で、そういった報道は一切されませんでした。あの当時としては、ごく自然な判断だったかと思われます。現在のような情報公開の精神はまだ充分に浸透していませんでしたし、また、結果的にも、社会の不安を招かず、成功だったと評価されています。大局的に見れば、間違いだったと私は個人的には思います。が、しかし、今さら覆《くつがえ》すわけにもいきません。こういった事例は実に多いのです。あれに始まったことではありません。世界的に見ても、テロの件数が増えているのではない。テロだと報道される件数が増えているのです」

「ご説明には感謝します。ただ、私は、一般的な社会の動向に興味があるわけではありません」西之園は早口で言った。学会で質疑をしているときのモードに近い。「あの事故がテロだとして、それに真賀田四季が関わっている可能性がある、と聞き及びました。この点についてはいかがですか？」

「関わっていない、とお答えできる明確な根拠を持ち合わせておりません」

「関与は、どの程度だと？　主導的に？　それとも間接的に？　グループの一員として？」

「まず、申し上げたいのは、あの事故の当時、真賀田四季は、研究所に幽閉されていました」

「もちろん知っています」

「失礼しました」沓掛は軽く頭を下げる。すべてが非常に滑らかだった。この男の能力をまだ見くびっているかもしれない、と西之園は思い始めていた。「私の認識ですが、当時、旅客機のテロを実行したグループが、真賀田四季と接触した可能性は極めて低い確率でしかありません。コンピュータのチップが関係していた、という憶測もありますが、具体的な根拠も、現実的な手法も提示されていません。そういった憶測が生まれるのは、その後になって、その組織が真賀田四季と関連を持ち、現在もそれが続いているからです。したがって、今は利益を共有する関係にある、というだけです。今のところは、そう考えるのが最も客観的な判断かと」

「わかりました」西之園は頷いた。「それは、私にとっては貴重な情報です。感謝いたします」

「どこから、それをお聞きになりましたか？　もし、差し支えなければ」

「いえ、残念ですけれど、申し上げられません」

「わかりました。けっこうです」沓掛は少し微笑んだ。

「真賀田四季は、ＣＩＡと密接な関係を持っている。あるいは、その組織の内部にいる、という話も耳にします」西之園は言う。「そのことは、テロ組織と結びついているという情報と、矛盾しませんか？」

「いえ、しません」沓掛は首をふった。「どちらも、真賀田四季から離れることはできないでしょう。離れた方が即座に不利益を被ります。それが、いわゆる均衡というものです。ある意味では、世界の平和がこの均衡によって保たれているともいえます」

それはもっともだ、と最初は思った。しかし、だんだん、その状況が恐くなる。そんな言葉だった。

沓掛警部との会談は十分ほどで終わった。二人は部屋を出て、通路で別れた。西之園は、鵜飼や三浦にも会わず、一人でエレベータに乗った。

ステンレスに映った自分の顔を眺めながら加速度を感じた。たとえば、今、このエレベータに仕掛けられた爆弾が爆発したら、これで自分の人生は終わりだ、と想像する。ほんの小さな規模のもので良い。人間を一人殺すくらいは、物理的には実に簡単なことなのだ。

政治的な要求のために、敵も味方も含めて、人の命を犠牲にする。その方式の有効性は、長い歴史で証明され、今も多くの人々が信じているだろう。人を殴れば逮捕され牢に入れられるのに、大勢に武器を持たせて無断で他国へ侵攻しても誰一人罰せられない社会。大勢が、その手法を正しいとさえ信じている。この方法でしか解決ができない。悪魔を取り除くためには、生きた人間を生け贄に捧げなくてはならない。そうすることで、知らず知らずに人間は悪魔になっていく。

大切だ、尊い、と繰り返しながら、吸い上げられている命。

そう、まるで零《こぼ》れたインクを拭き取るように。

綺麗にするために、命が吸い取られる。

それが、世に言う正義というものの正体なのか。

駐車場で冷たい車のシートに収まったときには、ぼんやりとした悲しみが彼女を襲っていた。寂しくもない。恐くもない。不安でもない。腹立たしくもない。ただただ、生きていることが悲しいと思った。人間の存在が悲しいと思った。

それでも、しかし、エンジンを始動させ、ギアを入れる。しばらく、車を走らせることに集中しようとした。

涙が出た。

それを指で拭いながら、そして何度か深呼吸をしながら運転をした。

けれども、どうにも危ないと感じて、方向指示器を出す。車を道路脇に寄せて停める。裁判所の裏道で、綺麗に建物がライティングされていた。誰も近くを歩いていなかった。

「ああ、なんで、泣いているんだろう？」と独り言を呟いた。

あまり考えない方が良い、とは思った。しかし、もちろん、彼女の両親の命を奪った飛行機事故が、人間の作為によるものだった、という事実、それがまた一歩、彼女に近づいたせいだ。沓掛は、それを当たり前のように口にしたではないか。なんだ、君は知らなかったのか、という顔だったではないか。

そう、私は知らなかったのだ。

みんな知っていたのだろうか。

私は、知りたくなかった。

目を背《そむ》けていた。

両親の死体だって、同じ。

見たくなかった。

見たあとだって、ずっと目を背けてきたのだ。

でも、そんなことで泣いているのではない。

違う。

たぶん、そんな恐ろしいことをする意志の存在が、どうしようもなく悲しい。そういう人間の成り立ちがとても悲しい。つまり、人間というものが、そもそも絶対的に悲しいものなのだ。

苛立《いらだ》たしいのでもない。

恐ろしいのでもない。

寂しいのでもない。

ただ悲しい。

悲しすぎる。

「ああ……」声を出す。なにか言葉はないだろうか、と考えた。

まったく、悲しいのだけは、どうしようもない。

苛立たしいのも、恐ろしいのも、寂しいのも、なんとかできる。きっと解決ができる。けれども、悲しみだけは、解決がない。悲しいというのは、解決がない、という意味なのだ。

三分ほどで、呼吸を整えた。

そういえば、以前だったら、すぐに涙を止めることができたはず。感情を遮断してしまうのだ。しばらくしていない。できなくなったのだろうか。否、その必要がなくなった。こんなに悲しいのは、悲しみを受け止めることができるようになったからだ。きっと、この十年間に溜まっていた涙なのだろう。

もう、運転ができる、と思ったが、犀川に電話をすることにした。運転よりは、そちらの方が、泣いていてもできる。

「あ、私です。先生、どちらですか？」西之園は腕時計を見ながらきいた。きっとまだ大学だ、と思いつつ。

「まだ、大学にいるよ」

「では、今から、お迎えに参ります。たぶん、十八分くらいです」

「わかった。なんか、元気がないね」

「そんなことありません」

「そう？」

「ちょっと、月を見て、悲しくなってしまったの」

「今日は、月は出ていないだろう」

フロントガラスに顔を近づけた。見える範囲の空は真っ黒だった。

「そのようですね。さぁ……」彼女は息を吐く。「それじゃあ、行きますからね、覚悟しておいて下さいよ」

「ああ、じゃあね、出しておくよ」

「え、何をです？」

「月を」

彼女はくすっと笑ってから「はい、お願いします」とだけ答えて、電話を切った。

何のことだろう。

丸いものかな。

大判焼きではないだろうか。院生の誰かが買ってきたものが、研究室にあるのでは……。そうでなければ、おそらく、月が名前につくお菓子だろう。

再び車を走らせ、信号待ちをしたあと、交差点で左折した。大通りに出て東を向く。しばらく緩やかなカーブを走ると、前方に満月が見えた。

第4章　古い死に場所

感動と愛情とをもって家の人たちのことを思いかえす。自分が消えてなくならなければならないということにたいする彼自身の意見は、妹の似たような意見よりもひょっとするともっともっと強いものだったのだ。

1

迎えにきた黒い車の後部座席に一時間ほど座っていた。守衛のいるゲートから金網で囲われた敷地の中へ入り、建物の間を抜けていくと、やがて広大な土地が広がった。空港である。

車が停まり、ドアが開く。瀬在丸紅子《せざいまるべにこ》は、コンクリートの上に降り立った。濃いグレィのスーツの男が近づいてきた。警視庁の沓掛警部だ。四十代だろうか。老《ふ》け込んではいない。勢いのある人生が表情にも、そしてその鋭い視線にも感じられた。男というのは、人生が隠せない生きものなのだな、と彼女は再認識した。おそらく、戦闘的能力を鼓舞する本能からだろう。

「どうも、ご足労いただきありがとうございます」沓掛は穏やかな口調で言った。「ほかの方はもういらっしゃっています。あちらへ、どうぞ」

彼が片手を差し出した方向に、白いボディのヘリコプタがあった。

沓掛に導かれて、彼女は歩いた。ロータは停まっていたが、エンジンは動いている。排気ガスの甘い香りが微風に運ばれて、ときどき届く。

ステップを上がり、ヘリコプタの機内に乗り込んだ。沓掛が示したシートに彼女は座る。乗務員がドアを閉めてから、操縦席の方へ移動した。

前の列の座席にいた二人の男が立ち上がり、彼女に頭を下げた。といっても、真っ直ぐに立つには天井が低い。したがって、その姿勢からさらに頭を下げるためには、シートの背に手をつき、躰を支える格好になるしかなかった。

一人は年輩の男性で、数学者の深川恒之。彼とは顔見知りだ。瀬在丸が若い頃に世話になった小田原長治《おだわらながはる》の弟子である。小田原は世界的に名を馳《は》せた大数学者だったが、深川はそんな一流の研究者というよりは、大学で数学を教えている教師である。

もう一人は若い。まだ三十代の前半ではないだろうか。しかし、じっと瀬在丸を観察するような眼光は鋭かった。

「こちら、久慈《くじ》さんです」深川が紹介してくれた。「私がアメリカに留学していたとき、お世話になった」彼は、その久慈の方を見て続ける。「瀬在丸さんです。滅多に出てこられない方だよ」

「久慈と申します。よろしくお願いいたします。瀬在丸さんとご一緒できるなんて、光栄なことです。感激しております。日本まで来た甲斐《かい》がありました」

英語で書かれた名刺を渡され、瀬在丸は一瞬で情報を読み取った。久慈昌山《まさやま》、アメリカのGF社の医療部門の主任研究員とあった。

「アメリカから、わざわざいらっしゃったのですか？」彼女は顔を上げる。「あ、私、名刺がありませんの。申し訳ありません。引き籠もりをしております瀬在丸でございます」

「たぶん、今日、私が呼ばれたのは、このお二人ともを知っている数少ない人間だったからでしょう」深川がシートに座りながら言った。彼は沓掛の顔を見た。「もう、お役ご免かな？」

「いえ、そんなことは……」沓掛が言う。「では、出発いたしますので、ベルトをお願いいたします。フライトは二十分ほどです」彼はそう言うと、前の操縦席の男を見て頷いた。

五分後には離陸し、南へ向かって上昇した。瀬在丸は、このような風景が珍しく、ずっと外を眺めていた。機体が向きを変えるときが一番面白いと思ったものの、その機会はすぐに少なくなり、単調な飛行が続いた。天気は良い。雲はさらに上空にうっすらとあるだけだった。やがて、青い海の上に出た。

「深川先生は、今、話題になっている、連続首吊りの最初の発見者なんですよ」沓掛が話した。「ご存じですか?」

瀬在丸を首をふった。前のシートで振り返っていた久慈も首をふる。

「この人たちが、そんな世俗のニュースを知っているはずがないよ」深川が笑って言った。

「そうですか……」沓掛はメガネを一度直した。「現在までに三人なのですが、《ηなのに夢のよう》というメッセージを残して、若い男性が首を吊って自殺したのです。三人にはこれといった関係は認められません。いずれも、ちょっと変わった場所を選んで首を吊っています。高い樹だったり、公園の池だったり、あるいはまったく他人のアパートのベランダだったり、とにかく、普通よりはかなり手間をかけて、その死に場所にアプローチをしたわけです」

瀬在丸も久慈も黙っていた。

「もしかしたら、私に見つけさせるつもりで、あの場所を選んだのかもしれない」深川が言った。「毎朝歩く、川の堤防の道から、たまたま見えたんですよ。地上から十メートルもあったかな。難儀なことをしたものです」

「メッセージの意味は？」久慈が質問した。「イータというのは、ギリシャ文字の？」

「そうです。アメリカでも、既に二例、似たような事件が発生しています」沓掛は話す。「特に、共通するところはないのですが、複数の自殺者が、事前になんらかの連絡を取り合って、死ぬときに、ささやかな演出をする。その演出に共通点が見出せる、というだけです。ギリシャ文字を使ったメッセージは、日本でしか観察されていません。アメリカでは、神様の名前です」

「ギリシャ神話の？」深川がきいた。

「ええ、もしご興味があるのでしたら、資料をお送りいたしますが」

「ポセイドン・アドベンチャとか？」瀬在丸は言った。

「興味がわいたら、資料を請求します」瀬在丸は即答した。

深川恒之がこの場にいる理由が少し理解できた。彼は、小田原の弟子であり、その小田原は、国際的なテロ組織と結びつきがあったと噂されたことがある。あるいは、その関係かもしれない。もちろん、そう想像しただけのことで、今の深川には無関係だろう、と彼女自身は結論していた。

瀬在丸は、白に近い明るい空の色を眺めながら、過去の数々のシーンを思い浮かべていた。

小田原は既にこの世にいない。しかし、彼の娘は、世界のどこかで生きている。その彼女、藤井苑子《ふじいそのこ》は、名の知れたテロリストだ。瀬在丸はやはり若い頃に彼女と会ったことがある。

そうか、今まで考えていなかった可能性に一つ気づいた。瀬在丸の知っているあるグループと、このグループがリンクしているかもしれない、という可能性だ。

彼女は溜息をつく。なんと、世の中の結びつきとは複雑なものだ。どんどん複雑になっていく。最初は、まるで蜘蛛の巣のように、その構造が成立する最適の形で構築されるのに、未来への不安からなのか、どんどん補強され、それに従って醜く糸が張り巡らされる。そのうち、自分の糸で身動きが取れなくなるのではないか。

だが、どんな優れた才能も、不安から逃れることはできない。優れていればいるほど、失うことを怖れるもの。

前方に緑の島が近づいていた。やがて、その緑の中に、白い四角い人工物が見え始める。ヘリコプタは、その四角の建物に向かって降りていった。

2

建物の屋上はヘリポートになっている。ほかにも二機のヘリコプタが離れた位置の丸い円の中にあった。着陸をしたら、二人の人間が、瀬在丸たちを出迎えた。いずれも警視庁の人間だった。

建物は、以前に真賀田研究所と呼ばれたものである。現在も所有権は真賀田四季にある。しかし、彼女は行方不明であり、誰もここを管理できる人間はいない。今のところは仮に警察の管理下にあるものの、いずれは、どこかの組織が引き取ることになるだろう、と沓掛は語った。既に、その引取先が決まっているような口振りだった。

この建物には窓がない。電気が供給されなければ、換気もできない。そんな説明を聞きながら、ペントハウスの一つに入り、エレベータに乗った。

「地上は二階建て、それに地下があります。特に、変わった設備があるわけではありません。もともと、コンピュータのソフト開発をする研究所だったので、ハードといえば、コンピュータやその周辺機器が主なものだったわけです。機器の多くはもちろん証拠品として押収されていますし、引き取り手もありません。ここには何一つ残っていません」

「あっても、もう古くて使えないでしょう」深川が言った。「まだ十年にもならないのに、あっという間に様変わりしましたからね、この分野は……。いや、これは、瀬在丸さんのご専門だ」

「ロボットが製作されていたのでは?」瀬在丸は尋ねた。「それを作る工作設備はありましたか？」

「いえ、ここでは試作しか行われていませんでした。簡単な工作機器はありました。一部は残っています。ごく普通のものですが」沓掛は答える。

　エレベータを降りて、地下の通路を歩いた。人体の接近を感知して照明が自動的に灯るシステムだった。

「研究所の設備関係をコントロールしていたシステムは、今も稼働していますか？」瀬在丸は天井のライトを眺めながら尋ねた。「雑誌で読んだのですが、すべての電気機器が、ソフト的にコントロールされていたはずです」

「いえ、それは動いておりません。しかし、ドアや照明は、ちゃんと使用できます。ベーシックなものだけが、こうして作動するように、もともと設計されていたようです」

「無意識でも生きていける最低限の活動はするわけですね」瀬在丸は頷いた。「生物と同じ。素晴らしいなあ」

　自動ドアから中に入り、さらに、黄色のドアを開けて奥へ進んだ。

「このあたりが、真賀田四季が生活をしていた住居部分になります」沓掛が説明した。

「ああ、ここでねぇ……」深川が呟くように言った。感激している、といった恍惚《こうこつ》とした表情だった。

家具も残っている。ただ、小物はない。引越が終わったあとのような雰囲気だった。

奥の通路へ出て、ほかの部屋も覗いてみる。

「こちらが、仕事に使っていたスペースです」ドアを開けて、沓掛が言った。

なにもなかった。壁際に大きな作業台のようなデスクが並んでいるだけだ。壁のパネルには機器が取り外された跡の大きな穴がぽっかりとあいている。部屋の中央の広い範囲に、天井や床から延びたコード類が残っていた。

「ここに、端末が、ぐるりと円形に配置されていました」沓掛は説明する。「私も、写真で見ただけですが」

「博物館にしたらどうですか?」深川が言った。「全部、その当時のままに再現すれば、見たいという人は多いでしょう」

「ここまで来るのが大変だと思います」沓掛は言った。

「そうか、島にリゾートや、アミューズメントを作らないと、駄目かな」

久慈は、作業机の上をじっと見つめている。瀬在丸は、そちらに近づいた。

「どうされました?」小声で尋ねた。

久慈は顔を上げ、数秒間黙って瀬在丸をじっと見た。質問されたのが意外だ、とでもいう表情である。

「いえ、ここに」彼はデスクの天板の上を指さした。「焦げ痕があります」

瀬在丸も顔を近づけて観察する。

「ああ、これは、ハンダごての跡でしょう」彼女は推測を語った。

「そうですね」久慈は頷き、片手で自分の髪に触れた。「天才・真賀田四季でも、誤って机を焦がしてしまうのですね」

「工作を実際にされたのですね、ここで」瀬在丸は言った。

「あるいは、木を焼いて、微量な炭素を取り出したのかもしれません」久慈は言った。

「彼女の痕跡を辿ると、どんなものでもすべて、意味のあることだと思えてしまう」

「むしろ、凡人よりも、無駄が多かったのかもしれませんよ」瀬在丸は微笑んでみせた。

通路に出て、別の部屋に入る。そこは、真賀田四季が日常の生活に使っていた部屋だという。しかし、家具はなく、がらんとした空間が残っているだけだった。キッチンの用具も取り外されている。バスルームにだけ、役目がまだ果たせそうな器具が若干残っていた。

「瀬在丸さんは、真賀田四季に会ったことがあるそうですね」久慈が話しかけてきた。

「はい、二回だけ」

「羨ましい。どんなふうにお感じになりましたか?」久慈は鋭い視線で彼女を捉えた。

「うーん」瀬在丸は考える。「最初のときは、まだ、ほんの小さな、可愛らしいお嬢さんでした。もちろん、おっしゃることは、子供の話すようなレベルではありませんでしたけれど、でも、そうね、ちょっとだけ、おませさんかしらってくらい」

「おませさん？」

「二度目のときは、もうすっかり綺麗なお嬢さまになられていて……。そうですね、そのときには、既に自分を隠されていましたから、そんなに恐ろしい感じでもなく……、ええ、ごく普通の方に見えましたけれど」

少し離れた位置で、深川と沓掛がこちらの話を聞いていた。

「どうして、見学に誘われたのかしら？」瀬在丸はそちらを見て、にっこりと微笑んだ。「私は興味本位で来ましたけれど、警察は何をお望みなのでしょうね？」

「いや、私も興味本位で出てきただけです」沓掛の方を一瞥してから、久慈が言った。初めて少し口もとが緩んだ。

「いえ、こちらも興味本位なのです」沓掛が答える。「ここを見て、皆さんがどうお感じになるか、それをお聞きするだけで、充分です。いかがですか？　ご覧になって」

「いや、私は、とにかく感激しました」久慈が言った。「なんというのか、ここの空気が既に、特別です」

「それは、換気が足りないからでは？」瀬在丸は笑った。

「瀬在丸さんは、いかがですか？」沓掛がきく。ようやく、下心が少し顔を出した、といったところか。

「そうね」彼女は天井を見回した。「建築としては、明らかに核シェルタを想定したものですね」

3

孤島の研究所の見学は一時間ほどで終了した。歩く距離が長く、瀬在丸は少々疲れてしまった。最後は、会議室と沓掛が呼んだ部屋で、テーブルの椅子に腰掛ける。温かい飲みものを紙コップで飲んだ。

「ちょっと失礼をいたします。すぐに戻りますので」そう言い残して、沓掛が部屋から出ていった。学者三人が残された。

「私たちが話すことを、盗聴しているのかも」瀬在丸は天井を見ながら言った。「カメラがあるのかしら」

「まあ、良いじゃありませんか、それくらいは」深川が面白そうに言う。「サービスをして話しましょうか」

「久慈さんは、スワニィ博士をご存じでした?」瀬在丸は尋ねた。

「ええ、もちろんです」久慈は頷く。「分野も私と比較的近いです。我々の領域では、彼は偉大な先駆者の一人です。イタリアでは、残念なことでした」

スワニィというのは、バイオテクノロジィで著名な科学者だったが、ずっと以前に失踪し、それが最近になって、イタリアで死体となって発見された。真賀田四季との関係がマスコミでは噂されていた人物だった。

瀬在丸は、微笑んだまま、じっと久慈の目を見ていた。

「質問は、それだけですか？」久慈はきいた。少し顔を赤らめている。

「ええ……」彼女は頷く。

「今は、真賀田博士は、どこで何をしているのでしょう？」深川が言った。「なんか、司会者みたいな台詞《せりふ》ですが」

「さあ、私は存じませんわ」瀬在丸は答える。

「私が知っているわけはないですよ」久慈も首を振った。「知っていたら、こんなところへ来ていません。現在の研究所を見学させてもらいにいきます、なんとしてでも」

「やはり、そちらの方面で研究成果をあげている、とお考えですか？」瀬在丸がきいた。

「そうですね」久慈は頷く。「もし、スワニィ博士が真賀田四季のところにいたのなら、その間なにもしなかったはずがありません。二人の天才が成し遂げたことが、いつ人類に還元されるのか、考えただけでもわくわくしますよ」

「還元されますかね？」深川はきいた。

「還元されない技術がありますか？」久慈はきき返す。「いや、失礼。申し訳ありません、日本語が久しぶりなので……。つまり、すべての技術とは、本来そういったものだと思います」

「わからないでもありません。しかし、私たちの分野では、そういったことは稀ですからね」深川は笑った。「もう、とても社会への還元は無理だという領域が多いのです」

「首吊りの死体を発見された、と聞きましたが」久慈が深川に尋ねた。「それが、真賀田博士とどう結びつくのでしょうか？」

「いえ、それは単に、沓掛さんの捜査対象というだけでしょう。ネットで、自殺希望者を集めている、という噂を耳にしましたが、残念ながら、私は実態は知りません」

「沓掛さん、アメリカでも同じようなことが起こっている、みたいな口振りでしたね」

久慈がドアの方へ視線を送った。「それとも、集めてから自殺するようにマインド・コントロールしているのか……。しかし、判別は難しいでしょう」

「そんなことが可能なのですか？」深川が尋ねた。

「さあ……」久慈は躰を引いて、椅子の背にもたれた。瀬在丸の顔を窺った。「瀬在丸さん、どう思われますか？」

「どうも……」彼女は首を左右に一度ずつ振った。「人間の頭脳の信号、それに、思考によるそれらの挙動パタンが充分に解析されれば、なにをどうさせることも、コンピュータのプログラムと同じようになるとは思います。ただ、医学的な刺激が必要かどうかは私にはわかりません」

「医学的な刺激というと、具体的にはどんなことですか?」久慈がきいた。

「それは、ご存じのはずです」瀬在丸が微笑んだ。「つまり、普通の状態の人間の頭脳は、視覚が捉える映像や、あるいは言葉でしか入力ができません。信号を直接解析するにも、直接入力するにも、新たなデバイスが必要となります」

「デバイスというと?」今度は深川がきいた。「電極みたいなものをイメージすれば良いのかな」

「さあ、どうかしら。それはいかにも原始的なイメージですけれど」

「ここで話を聞いていると、真賀田四季ならば、人間を自殺に追い込むことくらい簡単に思えてくるなあ」深川が微笑んだ。「プログラムさえ組めば、あとは実行するだけ、みたいな感じでしょうかね」

「それくらいにしておきましょう」久慈が天井を見ながら言った。「あそこに換気口があります」

瀬在丸はそれを既に認識していたので、見る必要はなかったが、しかし演技で、初めて気づいた、という振りをした。

「ヘリコプタの料金くらいは支払わないと」瀬在丸はくすっと吹き出す。「久慈さんは、得るものがありましたか？」

「ええ、もちろんです。大いに。瀬在丸さんとお知り合いになれただけでも、充分というものです」

「若いのに、上手ですね」深川が笑う。

「ただ、料金を支払う消費者の立場から、一言申し上げるとすれば……」久慈が話した。「このように、人に会ったり、人を集めたりする時間を惜しんで、もっとネットワークに目を光らせるべきではないでしょうか。日本の警察は、おそらくまったくその力を持っていない、と私は危惧しています。あまりにも、ネットが急速に広がった。大きな組織ほど遅れをとっている。追いつけないようです」

「真賀田博士以外、全員では？」深川がつけ加える。

「それは、もちろんそうです」久慈は軽く頷いた。「この世界は、彼女が作ったといっても良いでしょう。ある意味、我々の知的財産は、すべて真賀田四季の頭脳の内部に吸収されつつある、といえるのでは？」

「いいえ、だからこそ、こうして声を出して話をすることで抵抗しているのじゃないかしら」瀬在丸はそこで、また吹き出した。「沓掛さんのやり方は、幼稚ですけれど、間違っていないと思いました」

「それは単に、最初の予感の違いですね」久慈は言った。「自分は、真賀田四季の内側なのか、それとも、外側なのか」

「好きか嫌いか、という意味ですか？」深川がきいた。

会話はそこで止まった。

通路から足音が聞こえたからだ。ドアが開き、沓掛が入ってきた。

「失礼をいたしました。帰りの準備ができたようです。屋上へご案内いたします」彼は言った。手に封筒を三つ持っている。「これは、本日のお車代です。規定によって、大変ささやかな額ですが、ご勘弁下さい。中に領収書が入っておりますので、サインをしていただければ幸いです」

「え、じゃあ、久慈さんは、アメリカからの飛行機代が出るの？」深川は胸のポケットから万年筆を抜きながらきいた。

「まさか……」久慈が笑う。封筒を開けて中を確かめた。「ああ、でも、こんなにもらって良いのかな」

瀬在丸も封筒の中身を見た。十万円が入っていた。

「私、空港まで電車で来ましたけれど、往復で三千円にもなりませんよ」彼女は沓掛に言った。

「ええ、けっこうです」沓掛が微笑む。「その、つまり、ご相談料みたいな解釈をしていただければ」

「なにか、お役に立ちましたか？」瀬在丸は首を傾げる。

沓掛は微笑んだ顔のままで頷いた。彼女だけがペンを持っていなかったので、久慈からボールペンを借りて領収書にサインをした。

それらのセレモニィが終わり、三人は椅子から立ち上がった。

「ああ、面白かった」深川が首を曲げて骨を鳴らした。

「もう、二度とここへは来られないでしょうね」久慈が呟いた。「そんな可能性はまずない」

「ここをお買いになられたら、いかがです？」瀬在丸は言った。振り返って見ると、久慈は笑っていなかった。

瀬在丸たちは通路に出た。四人は長いスロープを上っていった。

「この建物には、さきほどのフロアよりも、さらに地下がありませんか？」彼女は質問した。

「ええ、ないと思いますが」沓掛が答える。「どうしてですか？」

「もし私だったら、ここに隠れます」

「真賀田四季が、ここに隠れているとおっしゃるのですか？」

「最初から、隠れる場所を設計段階で入れておく。隠れて、そこで生活ができるように」

「たぶん、その可能性はないと思います」沓掛は歩きながら言った。「ここが設計されたときには、まだ真賀田四季は子供でした」

「それは理由にはなりません」

「そんなことをしても見破られると、予測していたんじゃないですか？」深川が後ろで言った。「すぐ近くに瀬在丸紅子がいることは、知っていたんだから」

「ですから、私だったら、と申し上げたでしょう？」彼女は後ろを振り返って言った。

4

帰りのヘリコプタでも、行きと同じシートに同じ人間が座った。しかし、進行方向が逆になったので、眺められる風景は変わった。

「これは日本ではあまり報道されていないらしいけれど、半年くらいまえだったか、真賀田四季の死体が発見されるという騒ぎがあったんですよ。ご存じでしたか？」久慈が後ろを振り返って話した。瀬在丸の顔を見たので、彼女に向けての言葉だったようだ。

「実は、沓掛さんとは、そのときに、ちょっとしたことでご一緒したのです」

沓掛は無言で頷いた。

「いえ、私は知りません。日本では報道されたのでしょうか？」瀬在丸は沓掛を見て、次に前のシートの深川を見た。「あいにく、ニュースなどを見る機会が少ないので、私が知らないだけかもしれません」

「いや、知りません」深川が首をふった。

「早い段階で、がせねただと判明したので、こちらではマスコミは一切取り上げませんでしたね」沓掛が説明した。「私は仕事ですので、渡米して、確かめにいきました。そこで、久慈先生のお世話になったのです」

「どんな死体だったのですか？」深川がきいた。「それとも、死体もなかった、まるで嘘だったとか？」

久慈は沓掛の顔を見た。瀬在丸の隣に座っている沓掛の方が、話がしやすいだろう、と言いたかったのか、それとも、どこまでを話して良いものかわからず、判断を仰いだのか、いずれかだろう。沓掛は頷き、説明を引き受けた。

「ある宗教団体の施設に警察が立ち入り捜査をしたのです。その建物で集団自殺があって、十数名の信者が死んだからです。その騒ぎで、教祖というか、リーダ格の人物も拘束され、取り調べを受けました。一応の容疑で逮捕をされましたが、これは、まだ裁判が終わっておりません。ただ、建物の中を調べてみたところ、さらに三人の死体が見つかったのです。それらは、カプセルに入れられて、冷凍されていました。その設備は、アメリカでは一般に販売されているものです。その中の一体が、身元がわからない女性でした。長い黒髪の白人です。それで、どこからともなく、それが真賀田四季だ、という話になったのです。あるいは、信者の間では、本当にそう信じられていたのかもしれません。ＦＢＩとも情報交換をしましたが、その教団が、真賀田四季と関係があったという情報はなく、証拠もありませんでした」

「それで、杳掛さんは、その死体をご覧になったのですか？」瀬在丸は当然の質問をした。

「見ました」杳掛は頷いた。「久慈先生もご覧になりましたよ。しかし、私も久慈先生も、本ものの真賀田四季を知りません。いえ、つまり、ずいぶん昔の、まだ十代の頃の彼女であれば、世界中の人が知っています。しかし、現在の彼女がどんな女性になっているのかは、誰も知らない。見たことがないのです」

「ご覧になって、真賀田四季だと思われましたか？」瀬在丸はおっとりとした口調でさらに尋ねた。

「先生は、いかがでしたか？」杳掛は久慈にきいた。

「いや、わかりません。よく見えなかった、というのが実情ですか。まあ、年齢からすれば、少し若すぎるのではないか、と最初は思いました。しかし、いつ死んだのかもはっきりしないわけです。また、そうですね、背格好は、そんなに違わないかもしれない。ただ、死んだ人間ですからね、印象はだいぶ変わっているものです。それでも、うん、雰囲気はやはり別人だろうな、というのが周辺状況から考えて、正直に感じたところですね」

「私も、違うだろうと判断をしました」沓掛がつけ加えた。

「DNAでわかるのでは？」深川が尋ねた。

「残念ながら、その死体は教団の信者だということです。事件性が立証されませんし、髪の毛を一本取るにも、カプセルを開けなければなりません。それは、彼らに言わせると、非常に危険な行為であり、そのために再生が不可能になる恐れがある。その保証をどうするつもりなのか、という議論になりました。警察は、ひとまずは引き下がることにしたようです。そんなところで無理をせず、まずは教祖の裁判の方を有利に進めたい、という判断だったようです。おそらく、日本のマスコミも一部は、注目はしているでしょう。裁判の結果次第で、踏み込んだ取材をするつもりなのかもしれません」

「まあ、しかし、やはり真賀田四季ではない、とみんな考えている。それはたしかですよ」久慈が言った。「そうあってほしい、という願望が混じっているかもしれませんが」

「そうやすやすと死んでしまうようなことはないでしょうね」深川が言った。

「そうかしら？」瀬在丸は首を傾げた。しかし、そのあとの言葉は声にはしなかった。

ずっとローター音と微動が続く機内なので、ほかの者は、瀬在丸に注目はしたものの、話を促すようなことはしなかった。

彼女は視線を機外へ向け、眩しい空に目を細めた。

私だったら、きっと簡単に死んでしまうだろう、と彼女は考えた。真賀田四季という人物も、おそらく同じだろう。生きることに執着しているはずがない。肉体に執着しているはずがない。死をまったく怖れていない。頭が正常に働いているうちは、そうだろう。

これは平均的な人間でも同じだ。若い頃は死が恐くない。危険を怖れているだけだ。それが、歳をとり、思考力が低下するほど、死を怖れるようになる。このまま死んでしまったら、と心配になる。きっとこれは、劣化によって正常さを失った思考が見せる錯覚なのだろう。肉体の基本活動に支配されているだけだ。

いや、違うな。

それも違う。

そうではない。

もっと、基本的な生命活動のレベルに立って考えよう。

生きている状態に価値を見出せるかどうか、だろうか？

生きていることで得られるものは、何だろう？

生きていることで得られるものは、生きているときにしか感じられないものか。生きているうちには得られないものもある。たとえば、多くの名声はそれだ。しかし、本人が得たわけではない。それは、単なる名前の同じ、本人に対する他人の認識、形容が変わるだけのこと。つまりは、言葉の定義が変化するだけのこと。

本能的なものを除けば、そもそも生きる価値など、最初からないのだ。まったくの幻想でしかない。

夢だ。

そう、眠っているときの夢と同じ。

夢の価値は、起きたときには綺麗に失われている。

似ている。

夢の価値とは何だろう？

苦しい夢を見ているときは、早く覚めてほしいと思う。

それは、死を願う気持ちとまったく同類だ。

究極の思考力を持った人間ならば、生きることに価値が見出せないというジレンマは、より大きくなるはず。それを、いかに処理するのか。どこに自分の目的、自分の価値、自分の存在理由を求めるのか。自分一人のための哲学と宗教を構築しなければならないだろう。それを築くのは、おそらくほんの小さな子供のとき。言葉の半分を覚えた頃にちがいない。

そして、それ以降は、きっとなにも変わらない。

瀬在丸自身がそうだった。

子供のときに見出したものが、ほとんどすべてだった。

それ以降には、ほんのわずかな愛と、
ほんのわずかな憎しみの変種があっただけだ。

多くの人間は、家族を作り、社会に定着する。

天才には、それがない。社会に定着しないためだ。

したがって、寂しさというものはない。

何故なら、最初から最後まで、寂しさしかないからだ。

孤独しかない。

この世には、自分と、自分を取り巻くものの二つしかない。

冷凍されて眠ることは、ある意味で、社会に定着する唯一の方法かもしれない。かなり積極的で、協力的で、最大限に譲歩した選択ともいえる。

違うな。

そうではない。

真賀田四季は、きっともっと大きいはず。

彼女の能力は、瀬在丸には測れなかった。雰囲気は想像できるものの、これくらいの大きさ、と示せない。だから、きっと自分が、私ならばこうすると考えることは、ことごとく不足しているだろう。おそらく、自分が考えついた最後の解答を、真賀田四季は最初に考えて却下するはず。

それだけはわかる。それだけが覗き見える。

5

ヘリコプタが離陸して北の空へ上がっていくのを、地上から眺めている女がいた。彼女は、浜辺に近い森の中を歩いている。ヘリコプタが見えたのは、ほんの一瞬だった。研究所の建物は、今の彼女の位置からは見えなかった。だが、そこへ通じる小径《こみち》を、彼女は知っていた。歩いてみようか、と考えたけれど、考えた瞬間に、そのすべての風景を思い描くことができた。しかも、過去の状況よりも、植物を生長させ、季節に合わせて変化を予測して見ることができた。そのシミュレーションの結果、少々歩くのが困難だということもわかった。

ロータ音は消えて、静かになった。風はなく、鳥の声だけが方々から届く。昆虫の羽音もない。気温がやや低いためだ。足許で動くものがあったので、そちらへ視線を落とすと、小さなヘビが前方へ進んでいった。

「ヘビだ」彼女の一部は驚いて言った。「びっくりした」

「びっくりしていないよ」別の声が彼女の中で言った。「可能性は予測されていた」

「あれは、毒蛇かしら」

「その確率は極めて低い」

「ヘビに噛まれて死んだら、面白い。女王に相応しくない？」

「どうかな。きっと、苦しいよ」

「そうね」

浜辺へ引き返すことにした。ほんの二百メートルほどの距離である。前方に眩しい光があって、今歩いている道とのコントラストに目がなかなか追従できない。サングラスを持ってくるべきだったか。予測していたことなのに。でも、綺麗だろうと想像したのは、そのとおりだった。

綺麗だ。

光は綺麗だ。

見えなくなる刹那。

輪郭が消え、境界が混じり、融合していく美しさ、輝かしさ。

明るい場所に出ると、もう光の眩しさはない。振り返って、真っ黒な森の小径を確かめた。確かめる必要などないのに、確かめている自分の動作を見たかったのである。小さいときには、そう、振り返ったことがあった。そうか、瀬在丸紅子は、わざと振り返ってみせるのか。私の前ではしなかった。面白い。変なことに、凝っているのだな。趣味的に？　遊び？　楽しいことが、どうしてわかったのか。たまたま試したのか。それとも、誰かから得た情報だろうか。誰だ？

砂の上を歩く。サンダルが僅かに滑り、傾斜する横方向へスライドする。粒子間の力のやり取りを計算し、間隙《かんげき》の水分量を想像した。

海藻、流木、ゴミなどを避けるために、さらに低い方へ。砂の含水《がんすい》は増し、黒っぽい。サンダルが今度は僅かに沈み込む。

ときどき、波に運ばれた海水が届く。その感覚も、特に珍しいものではない。過去に数回経験したことがあったからだ。

海の香り。

海上を飛ぶ鳥たち。

白い波が沢山。

船は見えない。

遠くに半島の陸地が。

岩場に近づく。上っていく急な小径を進んだ。

少しだけ高い位置に立って、周囲を見渡す。

ここに座ったことがあった。あのときと、岩は同じ。地形にも変化はない。衛星で測れば、数センチは移動しているだろうけれど、人間には無関係。地球上のほとんどの条件は、人間には無関係だ。表面近くの僅かなものしか影響しない。

反対側へ降りていく。手をつかないと危険な部分もあった。面白い。自分の躰を助けてやった。

「こんなことがどうして面白い？」彼女の部分がきいた。

「ノーコメント」

「既に、面白いというコメントは撤回されました」

「過去の記憶にわたって、データを置換しますか？」

「放っておきなさい」

岩の間の砂の上に、小さなボートがあった。一度岸を上っていき、樹に縛ってあったロープを解く。

ボートに戻り、それを押して岩の間から出ていく。深さが充分になったので、乗り込んだ。ライフジャケットを着けようかどうしようか、迷った。しかし、空を眺めている方が面白い。雲が動いているのが見えた。バッテリィで駆動するモータを動力にして、小さなボートは沖へゆっくりと出ていった。波で小舟はローリングする。うねりでピッチングする。

水を掻き混ぜるスクリューの音が愉快だった。ときどき、空回りするように高くなる。

「面白いことが、まだあるのね」

「過去にも未来にもあるわ」

無線の信号が入り、現在位置を確認した。空を見上げる。衛星の位置を瞬時に計算して、そちらを見た。

見えない光で、測られ、告げられ、そして刻まれる。

過去と未来か。

それは、前と後ろと同じ。

振り返らなくても見える。

だからといって振り返らないのも、つまらない。

未来の光で過去に影ができる。

それだから、過去もいつも変化しているのだ。

確認。

予測。

少しだけ疲れた。

黒い船が見えてきた。ボートはそちらへ向かっている。

甲板に三人立っていた。

ここから泳いでいってやろうかしら、と思う。

泳いだことは一度もない。

泳いでいる気分を三秒ほどシミュレーション。

黄色の浮き桟橋にボートがぶつかる。スクリューを止めた。

差し伸べられた手に掴まって、彼女は立ち上がった。揺れるボートから移り、船の甲板まで傾斜を上っていく。男たちがボートを片づけている音を後ろに聞いた。

丸いハッチから梯子を降り、人工照明の白い光を間近に見た。さらに、暗い螺旋階段を降りていく。

「回収終わり」

「ハッチ確認」

「三十秒後に、潜行」

声が聞こえる。

少し明るい場所に出ると、若い女が近づいてきた。

「お疲れでは？　酸素濃度を上げましょうか？」

「少し休みます」

もう、別のことを考えていた。

彼女は既にそこにはいない。

今に生きているのではない。

それと同じ状態に、一瞬で切り替わった。

6

椙田《すぎた》泰男《やすお》は、都内のとある豪邸の一室で、美術品を確認していた。この家の主人が亡くなり、ある古美術商がコレクションの一部の整理を任された。その古美術商が、信頼のおける鑑定人に依頼し、その鑑定人が一度全体を見たうえで、価値がわかる人間を選んだ。さらにそのうちの一人が椙田に声をかけ、この日は二人でやってきた。椙田の方は初めてだった。

税理士が一人挨拶に出てきた。事務室で仕事をしているので、なにかあれば呼んでくれ、と言って戻っていった。

見るべき品物は、ヨーロッパのものと思われる絵画と骨董品である。絵画の方はそれほど古いものではない。全部で三十点ほどが、椙田に任された品物だった。

そのまえに、ほかの品々をざっと見せてもらい、このコレクションが一流の美術館にも相当する価値を持っていることを確認させられた。

いずれも、一人の鑑定結果で最終決定とはならない、という方法がとられていた。しかし、ある作品を最適に評価できるのは、通常はただ一人なのである。その一人に鑑定されるかどうかで、ものの価値は決まってしまう。少なくとも、世の中に知れる価値とは、そういった偶発的な要素を含んでいる、と椙田は考えていた。けれども、自分が興味のあるものは、自分の鑑定の結果がすべてなので、彼の周囲に関しては、完全に正しい世界が整然と築かれる。その安心感こそが、この仕事の基盤でもある。

品物をまず三十分ほどでひととおり見た。この作業で、三分の一は、重要でないことがわかり、残りに三時間をかけることができた。最終的に、十点ほどが世界に無二の特級品であることが判明した。それを見られただけでも、ここに来た甲斐があるといえるものだ。久しぶりに見た価値の高い品々で、心が洗われる気分だった。

鑑定の結果を、だいたいの金額の範囲で伝えたが、詳細については、少々確かめる必要があるので、最終的な決定は後日になる。しかし、ほとんど覆ることはないだろう。調べることで、珍しいために価値があることがわかる、というのは一級品の話であって、特級品ではそういったことはない。珍しくても、珍しくなくても、そんな付加価値は誤差範囲なのだ。

「ひょっとしたら、半分くらいは売りに出るかもしれないってさ」一緒に来た男が言った。

「僕に買えって言うんじゃないでしょうね？」椙田はそう言ってメガネを指で押し上げた。「もちろん、買う人間を捜せ、ということでしたら、喜んで」

「そうなる可能性があるから、今のうちに根回ししておいても、損はないと思うね」

「ありがとう。三日後に電話します」

「よろしく……」

その屋敷を辞去して、駅まで歩いた。それから、電車を二度乗り換えて、最寄りの駅で降りた。

駅前で電話ボックスに入って、電話をかける振り、電話帳を見る振りをした。なんとなく、後ろめたい気持ちになったものの、そうそう、自分はもともと後ろめたい人間なのだ、と思い出す。ときどき思い出した方が安全だ。最近、後ろめたさから遠ざかっているので、こんなに老け込んだのかもしれない。

そこからは、また徒歩で十分ほど歩く。起伏の多い場所で、密集した人家の間を抜ける細い道もときどき階段になっている。古そうに茂った小さな森の横にやはり古びたコンクリートのビルがある。そこの三階に、彼は事務所を借りていた。事務所といっても、その名の機能を果たすことはまずない。電話さえないのだから。

まだ午後四時である。事務所では、真鍋《まなべ》瞬市《しゅんいち》が一人、壁際の椅子に腰掛けて新聞を読んでいた。新聞を取っているのではない。真鍋がどこかで買ってきたものだろう。

真鍋とは、椙田が出入りしているギャラリィで彼がバイトをしていた関係で知り合った。荷物運びのバイトを三回ほど依頼したこともある。真鍋の下宿がこの近所だったからだ。この事務所をいつ使ってもらっても良い、ときどき、掃除をしてくれたら、多少はお礼をしよう、と合い鍵を渡したところ、予想以上の頻度で来るようになった。しかたなく、ときどき食事を奢《おご》っている。芸大の三年生だと本人は主張しているが、大学へ通っているようには見えなかった。

「どうでした？」真鍋がきいた。

「何が？」

「なんか、凄いコレクションを見にいくって」

「言ったか？　そんなこと」

「あれ？　椙田さんからじゃなかったかな……、あ、阿部《あべ》さんだったかな」

阿部というのは、仕事を手伝ってもらっているアシスタントである。彼女にはたしかに話した。特性は、おしゃべりである。

「あ、那古野で、四人目の首吊り死体が見つかったんですよ」真鍋は言った。「さっき、ラジオで聴いたんですけど」

事務所にはラジオはある。今はスイッチが切れていた。彼が読んでいる新聞にはまだ載っていない新しい情報のようだ。

「今度は、どこだった？」椙田はデスクの椅子に座ってきいた。

「市役所の会議室だそうです」

「市役所？　へえ、それはまた、えげつない」

「えげつないって？」

「うーん、いやらしい、露骨だ」

「えげつって、何ですか？」

「さあ、知るか、そんなこと」椙田は煙草をくわえて、大きなライタで火をつけた。「それより、もう、帰ってくれ。留守番ありがとう。今から、ちょっとプライベートな仕事がある」

「はい、わかりました」真鍋は機敏に立ち上がった。「がっかり」

「何が？」

「いえいえ」

「あ、そうそう、たぶん来週、ここを引き払って引っ越す」

「え、どこへ？」

「そのとき話す。手伝ってもらえるかな？」

「えっと、引越を、ですか？」

「レンタカーを借りてきて、適当に運ぶつもりだ」

真鍋は部屋を見回した。家具は少ない。荷物はほとんどないに等しい。

「まあ、そんなに、大変じゃなさそうですしね」彼は笑った。「バイト料は出るんでしょう?」

「もちろん」

「やったぁ!」

「じゃあ、また今度」

「いつ来たら、良いですか?」

「決まったら、電話をするよ」

「了解。じゃあまた……」

ドアを開けて、真鍋は出ていった。

しばらく、黙って煙草を燃やす。このビルは、裏手に抜け道がある点が気に入っていた。しかし、所詮仮の住まいである。もう少し賑やかなところの方が良いだろう。人の出入りが目立たないからだ。既に、目星はつけてある。話がまとまるかは五分五分だ。仲介人に任せてあった。二、三日のうちに決まる。しかし、たぶん引っ越すことになると予感できた。この種の彼の予感は外れることがない。

煙草が短くなったので、灰皿に押しつける。時計を見た。そろそろ出迎えにいくか、と足を下ろす。しかし、だいたいいつも自分は早すぎるのだ、と思い直し、もう一度足をデスクの上にのせた。

天井の蛍光灯を観察した。あんな格好だったか、と不思議に思う。これまで気にしたことがなかった。あの金具に人間の体重が支えられるだろうか。ふと、そんなことを考える。

しかし、ここにはロープがない。ああ、そうか、電気の延長ケーブルがある。あれならば充分だろう。ペンチもあるから、適当な長さに切る。デスクを少しずらして、天井のあの金具にケーブルを通す、それから、下で結んで輪にする。机は元どおりの位置へ戻し、ぎりぎりそのコードに摑まって、首に引っかけて、そのままぶら下がる。

うん、できそうな気がしてきた。

すると、奴がここに来たときには、ぶら下がっている旧友を見ることになるだろう。びっくりするだろうな。うん、面白い。なんなら、デスクの上のメモ用紙に、《ηなのに夢のよう》とでも書いておくか。

誰だってできることだ。

冗談で自殺をするなんて、けっこう贅沢《ぜいたく》な話ではないか。

もう一度時計を見てから、息をふっと吐き、ようやく立ち上がった。天井へ一度だけ視線が行っただけで、既に夢のように幻想は消えていた。

7

椙田は駅の近くの歩道橋の上で、また煙草を吸った。ここで時間を七分間潰した。車を眺めている振りをしたが、まったく見ていなかった。今日鑑定をした絵画を思い出していたのだ。非常に価値のあるものだけれど、自分は欲しいとは思わない。それは、幸いなことである。欲しいものはできるだけ少ない方が安全だからだ。

ようやく、駅の中から目標の人間が現れた。その周囲をぼんやりと眺める。問題ないようだ。その人物が電話ボックスに入るのを見届けた。それを指定したのは椙田である。中に入って、そこにある受話器を手に取ったのが見えた。携帯を使わず、その電話でかけるつもりらしい。

椙田は歩道橋を反対側へ渡り、ちょうど大木の枝で死角になる位置で立ち止まった。彼の携帯電話が振動した。それをポケットから取り出して、電話に出る。

「あ、もしもし、私です」

「はいはい」椙田は答える。

「ああ、良かった。本当に会えそうですね。時間どおり、ただ今、駅前に到着しました」

「一人？」

「ええ、もちろんです」

「つけられていないかな？」

「はい、大丈夫だと思います」

「電話ボックスにいるの？」

「はい、南口を出て、一番近いボックスです」

「えっと、電話帳がある。下の方だ」

「えっと、はいはい、あります」

「二百八十ページ」

「二百八十ページ。開けるんですね？」

「そう」

「ちょっと、待って下さい」

「受話器を肩で挟んで」

「いえ、ちょっと……、はい、バッグを肩にかけていたもんですから」

「躰が固いんじゃないの？」

「あ、はい。開きました。えっとぉ、二百八十ページ。あ、ありました、はい、これですね。何ですか、ゲームですか？　楽しすぎますね」

そのページに挟んであった地図を見つけたようだ。椙田が挟んでおいたものである。

「方角はわかるかい?」

「大丈夫です」

「じゃあ、よろしく。わからなくなったら、また電話を」

「わかりました」

こんなに明るい奴だったか、と思った。

階段を少し降りて、電話ボックスの周辺を見る。大丈夫そうだ。彼は歩道橋を下りる。電話ボックスを出て信号待ちしているところを確認してから、脇道に入った。

今度は、細い坂道を上がったところにある公園で待った。そこの柵に近づくと、下の道が見える。上がってくる人物を確かめることができるのだ。しばらく待って、やはり一人しか来ないことを確認した。信用はしているが、念には念を入れるのが彼の信条だった。

そのあとは、ビルまで歩き、階段を上がった。事務所の鍵を開けて、デスクで腰掛けて待つ。真鍋が置いていった新聞があったので、それを読む振りをした。思ったとおりの時間で、階段を上がってくる足音が聞こえ、ドアがノックされた。

「どうぞ、開いているよ」椙田は答える。

「ああ、どうも」ドアを開けて、笑顔が入ってきた。「いやあ、お久しぶりです。ちゃんと会えました。今の今まで半分は信じていなかったんですよ」

「疑り深いね」

「いやあ、だって、そりゃあ、そうですよ。無理もないでしょう」きょろきょろと部屋を見回した。「ここは？　何の場所ですか？　借りているんですか？」

「うん、いちおう事務所ってことで」

「いつからです？」

「先々週から」これは嘘である。「まだ荷物が少ないだろ？」

「しばらく、日本にいることに？」

「いや、そうも言っていられない。でも、以前よりは、こちらにいるつもりだよ。いろいろ立て込んでいてね」

「立て込んでるというと？　ああ、女ですか？」

「馬鹿、ビジネスだよ」

「ああ、そうですか、もう、大丈夫だということですね？」

「どこでも、ほとんど同じくらい大丈夫じゃないってことが、わかったからね。えっと、今は何ていう名前だっけ？」

「赤柳です」そう言いながら、デスクへ近づき、ポケットから名刺を取り出した。「ひとつ、よろしくお願いします。お世話になります。それに、なんでもお申しつけ下さい」

「へえ、赤柳？　変な名前だな」

「覚えやすいでしょう？」

「なんで？」

「保呂草《ほろくさ》さんは、何ていうんです？」

「おいおい」

「あ、失礼失礼」赤柳は周囲を見回した。「でも、誰も聞いていませんから、いいじゃないですか。盗聴されているわけでもないでしょう？」

「僕は、椙田だ」デスクの引出から名刺を取り出した。

「おお、美術品販売・鑑定、ですか」赤柳は名刺を読んだ。「うん、いかにも胡散《うさん》臭い」

「君、だいぶ、ずけずけものを言うようになったね、全然、明るいし。どうしたの？　演技？」

「演技です」赤柳は即答した。

「そう……」

「そちらも、少し、明るくなっていませんか？」

「僕？　まあ、南国の太陽の下で、いろいろ諦めて、吹っ切れたかもしれない」

「へえ……、まあ、この歳になって、いつまでも色恋沙汰っていうのもね」

「誰がそんなこと言った?」

「そうそう、瀬在丸紅子さんに、公安の沓掛警部が会いにいきましたよ」赤柳が話す。

「沓掛? 知らんなあ」

「真賀田四季関連の捜査では、事実上のトップです」

「へえ……。どうして、それを?」

「沓掛さんから聞いたんです」

「なんだ、通じているわけか」

「ええ、まあ、それなりのコネクションがありまして」

「ふうん。僕のことは頼むよ」

「それはもちろんです。信じて下さい。古い友人を売ったりしません。絶対に」

「そんなに高くは売れないしな。で、何か進展が?」

「いえ、全然。まったく」

「首吊りの件は?」

「うーん、駄目でしょうね。こちらが動いて調べれば、すっと引いてしまう、跡形もなく。そんな感じですよ」

「うん、まあ、そうだろな。特に悪いことをしているわけでもない」

「ああ、なるほど。その意見は、一理あるかと」赤柳は奥のドアを見た。「ところで、今日は、あの、このまえの彼女はいらっしゃらないんですか？　また会えるものだと期待してきたのに」

「誰のことかな？」

「いえ、名前は知りません。二回会っただけです」

「気にしないのが良いね」

「気になる方でしたので」赤柳は窓の方を眺める。それから、思いついたように話した。「結局のところ、死んでいく若者たちが、なんらかの連帯感を持ちたがっている、といった、ぼんやりとした解釈なのでしょうかね？」

「おや、けっこうのめり込んでいるんだ」椙田は少し驚いた。赤柳が急にまた話を戻したからだ。「何かな？　もしかして、それで会いにきたとか？」

「それも、ええ、ちょっとありますね」

「僕には全然関係ない」椙田は首をふった。「それは、お門違いだ」

「だけど、ＭＮＩのことは、お詳しいようでした」

「あれは、かつて本部が那古野にあったからね。そこのカリスマ教祖も知っていた。とっくの昔に死んだよ。それだけだ」

「その人が、真賀田四季と関係があったわけですね？」

「あった」

「どんな？」

「初期の頃のスポンサの一人だった」

「お金があり余っていたのですか？」

「そうだろう」

「それとも投資？　単なるビジネス？　あるいはもっと、恋愛感情とか、うーん、惚れ込んでしまったとか？」

「知らない。とにかく、天才に出資したというわけだ。生きている間に元が取れたのかどうかはわからないが、今も、どこかで後継の組織が活動をしているとしたら、まあ、元は取れたということかな」

「そこが、今回、自殺者を集めているサイトと関連がありそうだと……」

「あるの？」

「わかりませんが」

「サーバをたまたま貸しているというだけでは？」

「まあ、そう言い逃れはするでしょうね」

「うん」相田は頷いた。「結局はそこまでなんだ。どんなに追いつめていっても、ネットの世界には、なにもない。傷も血も残らない。ゴミ箱をあさっても、唾液のついた吸い殻なんて出てこない。綺麗さっぱり、いつでも一瞬で消してしまえる。みんながお化けか超能力者になったみたいなものだね」

「そうですね。おそらく、天才の頭の中が、ここに表現されているのかなって、そう感じますよ。なんか、いつでも過去のデータが引き出せるし、世界中の記録が検索できます。天才の頭の中に、社会が取り込まれていくわけです」

「で、それを調べていって、君は何をしたいんだ？」

「まあ、私の場合、ずっと探偵をしていますが、何をどうしたい、と明確に思ったことはないわけで、ずっと、こんなふうなんですけどねぇ」

「よく仕事になるね」

「ええ、幸い、親の遺した資産がありまして、慎ましくしていれば、なんとか食べていけるのです」

「そうか、そんな話、以前に聞いたっけ？」

「方々へ出向いて、こつこつと調べて回ること自体が、好きなんですよ」

「生きるテーマとしては申し分ないとは思うけれど、しかし、あまり深入りしない方が良い場合もあるかもしれない。いや、根拠はないよ。単に、そんな予感がするだけだ。僕の予感というやつは、けっこう馬鹿にならない存在でね」

「別に、そんなに核心にまで近づけなくてもいいんですよ。ただ、単に、自分が納得できれば、それで充分です」

「それは無理だろう。納得するということは、なんらかの解釈をするわけで、その解釈をすれば、その次が確かめたくなる。気になる。見たくなる。どこまで行っても奥はある。底なしだ」

「たとえば、自殺願望の人を扇動するっていうんですか、そんなことをする目的、あるいはメリット、うん、それがわからない」赤柳は首をふった。「面白いからですか？　単に、人騒がせなことをやってみたい、というだけでしょうか？」

「どんな理由だって、納得のいくようなものが、普通あるかい？　集団自殺だって、納得のいく理由なんか見つからないと思うけど」

「うーん、しかしなあ、どこかに理屈があるわけだし、どこかに見返りがある、と思うんですよねぇ」

「まあ、あるとすれば、そういった状況で、人間がどう行動するのかが見られる、ということかな」

「は？」

「なんていうのか、マウスの実験みたいな」

「ああ……」赤柳は口をあけた。「ああ、今、なんとなく、少し、わかったかもしれません。うーん、実験ですか。実験ねぇ」

「いや、知らない。それくらいしか、思いつけない」

「もし、そうだとしたら、何のための実験でしょうね？」

「ほらほら、そうなるだろう？　だから、どこまで行っても、同じだってこと」

「何だろうなあ……」

「ところで、紅子さん、元気だった？」

「あ、いえ、会ってお話ししたわけじゃないのです。ちょっと、遠目に拝見しただけです。相変わらずお美しい、ということしか」

「そうか、その格好じゃあ、彼女に笑われるな」椙田は笑った。

「いや、覚えておられないでしょう」

「そんなことはない。絶対に覚えている。あの人は一度見たものは忘れない」

「そうですか。良かった、会わなくて」

「とにかく、あまり接近しないように。忠告しておくよ。それから、絶対に僕のことを頭に思い浮かべないこと。忘れてくれ。余所《よそ》へぽーんと捨ててくれ」

「はあ……」

「つい、口に出てしまうタイプだからね、君は」

「信用されていませんね」

「信用はしている。だから、わざわざここを教えたんじゃないか」

第5章　拙い死に場所

「さて」とグレーゴルは考えて、あたりの暗闇《くらやみ》を見まわした。自分がもうまったく動けなくなっているのがほどなくわかった。それを格別不思議だとも思わなかった。むしろこのほそぼそとした足でここまで這ってこられたというのが不自然なくらいであった。

1

火曜日の夕方、加部谷恵美は大学の図書館を覗いた。今日は午後の講義と演習が休講だった。学会のためらしい。そこで、製図室で課題を少しだけ進めた。海月及介の顔が見えなかったので、たぶんここだろう、と思って図書館にやってきたのである。彼が座っている場所はいつも決まっている。閲覧室に入って、すぐにその姿を発見した。ゆっくりと歩き、そちらへ近づいた。彼の隣の椅子を引いて、彼女は静かに腰掛ける。彼が読んでいる本は、どれも非常にかび臭い。何十年ぶりかにそのページが開かれ、紙が空気に触れる、という本にちがいない。

しばらく観察していたが、彼女から話しかけないかぎり、進展がないことは百も承知している。ただ、この沈黙の時間が、加部谷は嫌いではない。楽しんでさえいるかもしれない。

「山吹さんのところへ行かない？」しばらくして、彼女は小声で囁いた。

海月は顔を上げて、加部谷ではなく、壁にかかっている時計を見た。あと十分ほどで閉館の時刻だった。

意外にも、すぐに海月が本を閉じ、立ち上がった。加部谷も慌てて立ち上がる。

さきにロビィへ出て待っていた。海月は本を一番奥の書棚まで返しにいったからだ。それから、図書館を出て、黙って並んで歩いた。黙っているのは、加部谷のせいではなく、海月の特性によるものである。話しかけても良いのだが、睨まれるくらいがせいぜいなので、無駄なことを避けるよう心がけている。それに、山吹の研究室へ到着してからの方が会話は有意義だ。山吹ならば、まがいなりにも応対をしてくれるからである。ただ、話を聞かせたい本当の相手は実は海月であることが多い。

それでも、途中でやはり沈黙が我慢できなくなった。海月に関しては気がかりなことが無限に存在するものの、それらのうちで最も新しく比較的軽微なものを選択した。

「製図はいいの？　まだ手を着けてないいんじゃない？　珍しくない？」

海月は無言で頷いた。二つ質問したのに、一度だけ頷かれると困惑する。たぶん、手を着けていないという意味だろう。

「もしかして、留年するつもり？　必修だよ」

返事はなかった。人ごとながら、少しどきっとした。

「まあ、たしかにね、つまらない課題ではあるけれど」なんとなく話をふってみたが、特にどこがつまらないと考えていたわけでもなかった。

そのあとは、また黙って歩く。

目的地である国枝研究室のドアが見えてきたとき、通路の反対側から長身の国枝桃子助教授が近づいてきた。ほぼ同時にドアに到着しそうだったので、加部谷は迷った。停止して譲るべきだろうか。しかし、ドアを開けるくらいはした方が良くはないか、と。その彼女の目測はまったく不正確で、国枝の方がずっと早く到着し、さっさとドアを開けて中に入ってしまった。加部谷たちの方を見たかどうかさえわからない。逆光線でメガネの中の視線まではわからなかったからだ。

結局、音を立てて閉まったドアを、もう一度開けなければならなかった。

部屋の中に入ると、山吹早月がすぐ近くのテーブルの椅子に座っていた。国枝は既に、奥の自室に入ったところのようである。西之園萌絵の姿はない。

「いいんですか？　そんなところで油売ってて」加部谷は山吹にきいた。「国枝先生に叱られませんでした？」

「今日はね。昨日学会が終わったところだから」山吹はそう言ってから、両手を上に伸ばして欠伸《あくび》をした。

「学会って、今日までじゃないんですか？　午後の力学演習が休講でしたけど」

「ああ、じゃあ、学会のあとに、どこかへ調査か視察に行かれたんじゃないかな」山吹は立ち上がった。シンクの方へ行き、背中を向けたまま続ける。「調査と視察っていうのは、つまり遊びのことだけれど……。たぶん、温泉とか、うーん、遊園地とか、まあ、いわゆる観光地。あと、美味しいものを食べて、綺麗な人と遊んだりして」

「綺麗な人？」加部谷は言葉を繰り返した。「微妙に変な言い方ですよ」

「うん、差別用語を避けたつもりだけれど」山吹はコーヒーメーカをセットしている。加部谷と海月のためにコーヒーを淹れてくれるようだ。

「無理にそんな気を遣わなくても……。ようするに、芸者を上げてどんちゃん騒ぎですね？」

「いや、そこまでは言ってない」

「ま、いいですけど」加部谷は海月を見た。壁際の椅子に座って、バッグから本を取り出している。「西之園さんは、まだ学会ですか？」

「いや、戻ってきているよ。今日は、N大かな」

「このまえの市役所の首吊り以来、特になにもないのかなぁ。テレビでも、もうワイドショー以外ではやっていませんよね」加部谷は話す。「ネット上のサイトを見つけ出して、そのサーバがあるところへ、レポータが行ってましたけど」

「全部引き上げちゃったんだよね」山吹が言った。

「騒ぎになるまえに、消えてしまうっていう手口みたいですね」加部谷は言う。「そういった運営をしているのは、誰なんでしょう？　お金を集めているわけでもないし、目的が全然わかりませんよね」

「それよりも、実際のところ、犯罪ともいえないレベルのものを、あんなに追っかけて良いのかなって思ってしまうね」山吹はフィルタをセットし、コーヒーの缶の蓋を開けた。「あと、最初のあの樹の高さについては、どうなったんだろう？　高いなあ、凄いなあ、どうやったのかなあ、なんて言葉でいくら言ったって、全然解決にならないって感じだよね。不思議ささえ訴えたら、テレビはそれで終わりなのかな」

「テレビとしては、どうやったのかなんて、どうだって良いんじゃないですか？」加部谷は話す。「うーん、ワイドショーを見ていると、もっとつぎつぎと、同じような自殺者が出てきてほしい、みたいな口振りですよね。絶対に真似をしないようにって言いながら、真似をさせようとしているみたいな」

「それと、自殺した人を、被害者みたいに扱っているのも気になる」山吹はスプーンでコーヒーの粉を入れている。「非常に美化している気がする。ああやって死ねば、注目されて褒めてもらえるんだ、というふうに感じる人はいるだろうね」

「そうか、被害者じゃないですよね。被害者といったら、誰でしょうか？　たまたま死に場所として、勝手に使われた人たちの方ですね。たまったもんじゃないですよ、そんな、生ゴミ捨てられた、よりも酷いですよね」

「当たり前じゃない」山吹が言った。

「当たり前のことを言うのが流行《はや》っているんですぅ」

「へえ、そうなの。若者の文化？」山吹はコーヒーメーカのスイッチを入れて、テーブルの椅子に戻ってきた。

「私、首吊りってしたことないんですけど」加部谷は続ける。「あれって、苦しいもんですか？」

「知らないよ、そんなこと」山吹が吹き出す。

「山吹さんなら、何でも知っているかなって」

「やったことない」

「いえ、手を使えるんだったら、ロープを無意識にでも摑んで、生き延びちゃうってことありません？　懸垂《けんすい》ができない人は、死ぬしかありませんけれど」

「それを言ったら、手首を切ったときだって、もう片方の手で止血したら、助かるよ」

「でも、出血は、そんなに苦しいわけじゃないでしょう？　苦しかったら、もう無意識にでも、なんとかしようと思っちゃうんじゃないかと」

「どうかなぁ」

「そういう気力もないわけでしょうかね、自殺する人は」

「うん、きっと、すぐに気を失っちゃうんじゃないかな」山吹が言った。「首を絞められると、そうなるよね。柔道とかレスリングとかでも」

「柔道？　柔道なんかするんですか、山吹さん」

「いや、高校のときに柔道部の奴が言ってた。気を失って、そのあと窒息で死ぬまでには、けっこう時間がかかると思う。何分もかかるんじゃないかな。その間にロープが切れたりすると、息を吹き返すってことになるんじゃあ」

「私が言いたいのはですね、つまり、そうやってじっと自分の死を待っていることができる。自殺者って、待てる人なんですよ。そういう人が、松の樹を必死になって上っていった、というのが、どうも想像できないんです。同じ人間じゃないみたいでしょう？　そう思いませんか？」

「たとえば、加部谷さんだったら、どっちもできないね。樹を上るのも、首を吊るのも」

「できませんよう。そんな体力ないです」

「僕も、あんな高いところまでは上れないなあ。頼まれてもできない。死ぬつもりでも、たぶんできない」

「海月君はできそうだね」加部谷は彼の方を見た。

海月は顔を上げなかった。完全無視である。

「たぶん、誰かが近くで見ていたと思うんだ」山吹が言った。「そいつが見ているから、なんとかなったんじゃないのかな」

「見ているって、見ているだけですか?」加部谷は尋ねる。「助けたりしなくて?」

「うん、助けるって……、できないでしょう? 自殺なんだからさ。そういうんじゃなくて、なんていうか、心の支えみたいなもの。見ていてくれたら、安心してできる、みたいな」

「痕跡さえ残らないのなら、樹に上るときだけでも、助けてあげたら良くないですか?」

「いや、もしそれをしたら、犯罪になる気がする」

「自殺を助けたから?」

「うん」山吹は頷く。「それに、公園の池とか、人のアパートのベランダとか、不法侵入になるよね」

「それは自殺する人も同じですよね。でも死んでしまったから、罪には問われないのか。あ、これって不思議ですね。人を殺しても、そのあと自殺をしたら、罪には問われないんですよね？」

「罰を受けられないからね。事実関係を調べることはするだろうし、被害者は、もっと別の責任者を見つけ出して、裁判を起こすこともある。だから、手伝ったりしたら、責任の一端を問われたりするよ」

「ああ、もう、どうでも良くなってきません？」加部谷は首をふってから顔を上に向けた。「ちょっと、疲れましたね、議論に」

「その判断は、比較的健全だ」海月が言った。

「あ、誰がしゃべったのかと思ったら」加部谷は海月の方を向く。しかし、彼は下を向いたままで目を合わせることはなかった。「私、どうでも良いとは思わないよ、えっと、もっと真面目にディスカッションしようかって思ってたくらいなんだから。でも、ちょっと休憩」

「どんなことを議論したかったの？」山吹がきいた。

「山吹さん、ときどき優しいですよね」加部谷は微笑んだ。それから、海月を睨みつけるが、もちろんこちらを向いていない。「誰かさんとは大違いで。えっとですね。ネットで自殺者が集まって、何人かで心中みたいなのがありますよね。車でどこかへ行って、そこで死ぬとかっていう」

「あるね。ひと頃話題になった。この頃あまりニュースにならないのは、もう件数が多くて、普通になってしまったのかな」

「インターネットが悪者みたいに言われてたじゃないですか」

「うん、テレビや新聞が、新しいメディアを恐れているからだよね」

「それは良いんですけどぉ。あの、知らない人どうしが集まって自殺するっていうのが、何なのかなって、少し考えちゃったんですよ」

「どんなふうに?」

「どうして、自分が死にたいだけなのに、人を誘うんですか? しかも、全然知らない人、一度も会ったことがない人でしょう?」

「知っている人に付き添ってもらうわけに、いかないからじゃないかな」

「ああ、すると、誰でも良いから、付き添ってもらいたい、という考えなんですね? そうか、自分だけじゃあ、不安なんだ」

「というか、まず、方法として、どんなふうにすれば確実に死ねるのか、ということが、考えられない人がいると思う」山吹はコーヒーカップを持ちながら話した。「だから、それを教えてほしい。自分一人ではできない。踏ん切りがつかない、というような感じじゃないかな」

「それだったら、もう少し生きていたら良いじゃないですか」加部谷は言った。「そんな無理に死のうとしなくても」

「いや、それはそうなんだけどね」山吹は苦笑した。「別に僕が、その方法を推奨しているわけじゃないよ」

「いえいえ、私もそういうつもりではないです。えっとぉ、どう言ったら良いのかなぁ。簡単に死ねるのだったら死のうか、でも面倒だったらやめておこう、っていう考えの人が、ある程度の数いるわけですね、自殺予備軍みたいな人たちが」

「あ、そうそう」山吹が頷く。「そんな感じ」

「でもって、そういう人たちが集まって、ちゃんと死ねるように力を合わせるわけですよ。最後の共同作業ってやつですね」

「何、それ……」

「何だろう、死ぬ間際に少しだけ、仲間意識みたいなものが感じられるかもしれない、という期待かなあ。そこで、友情が芽生えたりしたら、どうするんでしょう？」

「やめたらいいんじゃない？　死ぬのを」山吹が言った。

「あ、わかった。もしかしたら、お互いが止めてもらえることを、ほんの少し期待している。だからこそ、他人に関わろうとするんじゃないですか？　もし、確実にどうしても死にたかったら、他人を近づけたりしないと私は思います。うーん、やっぱり、方法がわからないって、変ですよ。飛び降り自殺だって、飛び込み自殺だって、方法は誰にもわかっているはずじゃないですか」

「でも、そういう痛いのは嫌だ、という人、いるんじゃない？　高いところは恐いとか。それに比べたら、眠っているうちに苦しまずに死ねる方法があったら、そういうので死にたい、それには、専門的な知識が必要だってことになって、その知識を求めて、ネットの掲示板なんかに集まっているんだと思うけれど」

「そうかなぁ……、薬だって、それから排気ガスだって、けっこう苦しそうなイメージ、ありますよ」

「僕は、止めてもらいたい、という期待よりは、最後を見届けてもらいたい、という心理だと思うな」山吹は言った。「たとえば、最後に少し泣きたいとか、なにか話をしたいとか、そんなときに、やっぱり一人で泣いても、一人で話しても、虚《むな》しいと思う、そういう想像をしているんじゃないかな」

「だけど、相手も死ぬんだったら、話を聞いてくれても無駄じゃないですか」

「いや、そんなことはないよ。心中みたいなもので、死ぬまでの短い時間は、けっこう永遠にも感じられる大切な持ち時間だと思うんだ」

「持ち時間ですか」加部谷は首を捻った。「永遠の時間、うーん、なんか文学的ですね」

「たぶん、話をしたいんじゃないと思う、それならば、ある程度は遺書に書ける。やっぱり、見ていてほしい、見届けてほしい、の方が強いんじゃない？　ビルから飛び降りる人も、それから、駅で電車に飛び込む人も、周囲に大勢人間がいる場所を選んでるでしょう？」

「そういえば、そうですね。こっそり樹海の中に入っていく人なんかとは、だいぶ違いますね」

「数としては、他人がいないところで死ぬ人の方が多いのかな。きっとそうだよね。だから、何人かで集まってとか、そういう自殺がスタンダードではないかもしれない」

「うーん」加部谷は唸《うな》った。「そうか、そうですね。一番多いのは、全然ニュースにもならないごく普通の自殺で、本当に沢山の人が亡くなっているんですよね」

彼女は海月を見た。一瞬だけ彼が顔を上げて、短く彼女の視線を受け止めた。

以前に、自殺者の統計の話を海月及介から聞いたことがあったので、その連想で彼を見てしまったのだ。自殺は、若者よりも老人の方が多い、というデータだった。

「そう、それから、もう一つ考えたんですけどぉ」加部谷は思い出した。「たとえばですね、通り魔に遭って殺されたり、酒酔い運転の車が歩道へ突っ込んで、その事故で死んだりすると、ニュースでも大きく報道されますよね。加害者の特殊性によって、被害者も注目されて、お葬式の映像まで流れたり、参列者にインタヴューしたり、生前のビデオまで流れたり、いろいろ死を悲しむ演出がされるじゃないですか。ああいうのを見ていたら、自殺する人は、一種の憧れというのか、理想みたいなふうに感じるんじゃないでしょうか。誰か、私を殺してくれないか、しかもできるだけ理不尽な方法で、できることなら、あっけなくって」

「それは、近い気がする」山吹は言った。

「近いって、今回の一連の事件とですか？」

「そうそう。自殺願望がある人のうち、そういうふうに考えている人がいると思う。そこを利用した、ということかな」

「でしょう？　おお、けっこう私もやるもんですね」

「まあ、そんなに特別な考え方でもないよ。うん、順当なところなんじゃないかな」

「海月君、聞いてる？」加部谷は海月を見た。

彼は本を読んだままの姿勢で簡単に頷いた。ものは言わないつもりのようだ。

「なんか言いたいことないの？」

「ない」海月は一言。

「言いたいことというのは、言い過ぎた。えっとね、もう少し下手《したて》に出てあげるね。少しくらいコメントはありませんか？」

「自殺願望の人間を集めて、軍隊を組織したら、どうかなって思った」海月が言った。

「何？　凄いこと考えてるのね。そうか、勇敢に戦死できたら、英雄になれるわけだし？」

「でも、痛いよ、きっと」山吹が顔をしかめる。

「うーんと、だけど、人間爆弾とかだったら、一瞬ですよ。生き残る可能性はないから、そんなに痛くありません」

「ああ、そういうのか」山吹は頷いた。「それって、軍隊というより、テロ集団だね」

「飛行機の特攻隊とか」加部谷は言った。

「そんなの現代の軍隊にはないよ」

「あ、そうなんですか？」

「飛行機が高すぎるからね。たぶん採算取れないよ」山吹が海月の方を見て言った。間違っていないか、海月の顔色を窺ったのだろう。

「そうか、そういう利用方法が、たしかにありますね」

「ですから、テロ集団が、人材を求めている、と」

「何？　そういうって」

「自殺願望の人を？　うーん、使いにくそうな気がするけどなあ」

そこで沈黙がしばし。

加部谷は海月を眺めていたが、結局顔を上げなかった。

「まあ、いいや」彼女は溜息をついた。「なんかでも、少しすっきりした。喉につかえていたものが取れた感じ。どうも、一人でもんもんとしていたみたいな。ええ、やっぱり、加部谷もこれで、けっこう悩み多きお年頃なんですよね」

「悩みがあったら、国枝先生に相談すると良いよ」山吹は言った。

「ああ、それは速攻で効き目ありそうですね。先生、私、死にたくなっちゃったんですけど……」加部谷はそこで声を低くする。「死ねば」

2

加部谷恵美たちが自殺談議をしている、ちょうど同じ頃、直線距離にして百メートルほどのところ。教室棟の一階にある事務室から、若い女性職員が通路に出た。

午後の最後の講義の一つが、工学部一年生向けのもので、数学だった。非常勤講師の深川恒之が担当しているものだ。もう終了時刻を一時間近く過ぎている。いつもなら、深川は事務室へ顔を出し、出席簿に印鑑を押していくのだが、今日はまだ姿を見せなかった。延長で講義を続けているのだろう、と最初は思ったが、いくらなんでももう長すぎる。事務へ寄らずに帰ってしまったのだろうか。気になったので、教室へ見にいくことにしたのだ。

教室の施錠や消灯のチェックは守衛がやってくれる。しかし、そんなに遠い場所でもない。階段で二階へ上がって、通路を真っ直ぐに進む。その角の教室だった。既に学生たちは見当たらない。ひっそりと建物は静まり返っている。外は風が強く、中庭の樹木が枝を揺らしていた。

教室は暗かった。照明は消えている。そして、ドアも施錠されていた。つまり深川が締めてくれたのだ。ということは、鍵は非常勤講師の控室にあるのだろう。同じフロアである。彼女は通路を引き返した。

非常勤講師控室は、文字どおり、学外から来てもらう先生のための部屋である。階段まで戻り、さらに通路を進む。そこからは教室はなく、両側に個室や会議室が並ぶエリアになる。片側に窓があった通路に比べると暗い。非常勤控室に照明が灯っているのが見えた。深川がレポートの採点でもしているのにちがいない。声をかけておこう、と彼女は思った。

部屋をノックする。返事はなかったが、ドアを開けてみた。

小さな部屋。ソファに人はいない。しかし、天井からぶら下がっている深川を、彼女は見た。そして、数秒後にその意味を認識したのである。

彼女は、咄嗟《とっさ》にドアを閉めた。それから、深呼吸をして、もう一度開けて、確かめた。また、ドアを閉め、そして、事務室へ走った。事務室にいたほかの職員数名とともに、再び控室に戻る。男性職員が、部屋の中に入り、椅子に乗って、深川を下ろそうとした。椅子を移動させ。結局二人がかりでなんとか下ろすことができた。

救急車を呼ぶために、通路から携帯を使った。深川は、もうすっかり顔の色が変わっていた。もっと早く、授業が終わった時刻に来ていれば良かった、と彼女は同僚に話した。

数分後に救急車が到着し、深川は病院へ運ばれていった。

事務職員は、控室のデスクの上に、小さな絵馬が置かれているのに気づいていた。そこに来た者は誰もがそれを見た。マジックのようなもので、《ηなのに夢のよう》と書かれていた。深川の筆跡かどうかはわからない。誰も、そんなことは話題にしなかった。ただ、救急車が到着する以前に、躊躇なく警察に通報をしたのは、もちろん、それがあったためだった。

この騒ぎは、同じ敷地内にいた国枝研究室の面々には伝わらなかった。彼らがそれを認識したのは翌日のことである。

3

次の日、C大の国枝研究室に西之園萌絵が出勤したのは、正午過ぎのことだった、彼女はまだ学生の身分であり、出勤という表現は適切ではない。だが、ドクタ・コースともなると、周囲も自分もほぼこの表現が相応しいと思えるようになる。彼女は通常は十一時頃に出てくることが多い。今日は、一箇所寄り道をしたために遅くなった。

深川恒之の死を彼女が知ったのは今朝のことだった。メールが昨夜のうちに届いていたのに、あいにく夜の間はパソコンを開かなかった。情報は、警察からではなく、意外な人物からだった。彼女はそのメールの発信者に、すぐに電話をかけた。

「おはようございます。恐れ入ります。西之園と申します」

「あら、西之園さん？」瀬在丸紅子のいつもの声。おっとりとした穏やかな発声だった。「メールを読まれましたのね？」

「はい、申し訳ありません。たった今なんです。あの、昨夜は犀川先生とご一緒だったので……」

「あらまあ」瀬在丸はほほほと笑った。

「あ、あの、いえ、別にその、そういうことでは……」

「いいのいいの。私に報告しないで下さいね」

「はい、あの、それで、私は深川先生とは面識がありません。でも、C大には毎日行っておりますし……。驚きました。もともとこの事件、深川先生が、最初の自殺者を発見されたんですよね？」

「そうなの、ええ。私もびっくりしました」瀬在丸の声のトーンが下がった。

「あの、失礼ですが、瀬在丸さんは、深川先生とは……」

「ええ、それほど親しかったわけではありませんけれど、ずいぶん以前からの知り合いです。二十年くらいになるでしょうか。つい先日も、久しぶりにお会いしたばかりでした」

「そうなんですか」

「あ、そうそう、あそこへ見学にいってきたのよ、あ、これって内緒かしら。口止めされたような気がする。でも、西之園さんならば、大丈夫よね。ふふ、あそこですよ、妃真加島の真賀田研究所」

「え？　それは凄い。見学って、どうやったら、そんなことが……」

「いえ、特にどうもしていませんけれど、なんとはなしに、なりゆきで」

「あの、もし、お時間がありましたら、ちょっとだけお話を伺いに、そちらへ寄らせていただいてもよろしいでしょうか？」

「これから？　ええ、もちろん大歓迎」

「では、すぐに行きます。えっと、たぶん、二十七分から三十三分の間くらいだと思います」

「はい、わかりました」

急いで支度をして、西之園は自宅を飛び出した。彼女の自宅は高層マンションの最上階。駐車場は地下にある。エレベータから降りて、車に乗り込んでエンジンを始動。スロープを上がって明るい日差しの屋外へ出ると、一瞬だけ視界が真っ白になった。

車を運転している間は、ずっと連続首吊り自殺のことを考えていた。彼女が認識しているのは五人だ。それぞれには関連がない、と警察は見ている。最も大きな共通点は、《ηなのに夢のよう》という一文だけ。それが絵馬に書かれていたのは、今回で三回めになる。いずれも自殺者は男性。最初の三人は若い。四人目は三十代だったらしい。今回の深川は六十代、いや、七十代かもしれない。

都心に近いオフィス街の裏道を進み、駐車場に乗り入れて、車を駐めた。そして、一箇所だけ樹々が残っている土地の方へ歩いていく。

門を一歩入ると、静寂さと細かい光の粒子に躰が包み込まれた。左右の地面は苔《こけ》に覆われ、滑らかな起伏を見せる。階段状になった小径を降りていくと、白い石に囲まれた緑の池があり、その奥に小さな建物が佇《たたず》んでいる。池の近くに立つ頃には、周囲を枝葉ですっかり遮られ、真上の空しか見えない。周辺にコンクリートの建物が建ち並んでいることが信じられない風景になるのだ。

玄関の戸を開けて、瀬在丸紅子が待っていた。白いセータにグレィの軽そうなスカート。本当は黒かもしれない。しかし、彼女の長い黒髪に比べると、艶《つや》やかな漆黒《しっこく》が不足していることがわかる。

「こんにちは」西之園は頭を下げた。ここへ来るのは、今回が三回めだった。瀬在丸に会うのは五回め。まだまだ緊張することは確かだ。「良いお天気ですね」

「本当に。気持ちが良いから、外でお話ししましょうか？」

「はい」

池の横に竹で作られたベンチが置かれている。そこに並んで腰掛けた。二人とも池を見る方向だ。小さな魚が泳いでいるのが見えた。浮いている葉が丸い。その葉の間に淡い黄色の花が開いていた。何を話そうか、と西之園は考える。

「このまえ、その妃真加島へ行ったときも、深川先生とご一緒だったのですよ」

「え？」西之園は驚いた。電話で聞いたときには、そういう意味にはとらなかった。真賀田研究所の見学は、また別の話だと認識したのだ。「では、深川先生も、真賀田博士となにか関係があったのですか？」

「いいえ、そんなことを言ったら、私だって、関係があったのかってことになるでしょう？」

「瀬在丸さんは、真賀田博士に会われたことがありますよね」

「深川さんは、会ったことはないって、おっしゃっていました。ですけれど、興味はあったみたい。もともと、彼は、小田原先生の弟子で、ご存じないかもしれないけれど、小田原長治といえば、それはもう素晴らしい数学者だったの。でも、その小田原先生の実のお嬢さまが藤井苑子といって、こちらは有名な革命運動の戦士」

「戦士？」

「簡単に言えば、テロリスト」

西之園は無言で頷く。話の振幅が大きすぎると感じながら。

「ですから、その関係で、真賀田四季と関連がある、と見ることもできます」

「あったのですか？」

「いえ、うーん、どうかしら。藤井苑子までは、あったかもしれませんね」瀬在丸は頷いた。「もう、表舞台には出てきませんし、生きているのかどうかもわかりません。私が会ったのは、ずっとずっと昔のことです」

「では、今回の、その《η》の自殺は、どう考えればよろしいのでしょうか？」

「ええ、その話も、先日会ったとき、深川さん、人ごとみたいにしていらしたのよ。もう一人、アメリカの研究所に勤めている日本人の先生がご一緒だったけれど……。そうそう、アメリカでも、同じような集団自殺、連続自殺があるそうです。メッセージだけをネットで打ち合わせて、死んでいく人がそれを残すような」

「人知れず流行っているのですね」

「それを、真賀田四季と結びつけているのは、日本だけじゃないかしら」

「たぶんそれは、真賀田四季に資金提供をしていたMNIという団体が、サーバを管理していたからです」

「それは単なる偶然かもしれないわ」

「ええ、そうです」

「沓掛さんをご存じ？」

「公安の？」

「ええ」

「はい。つい先日、お会いしました」西之園は答える。

「彼が、私たち三人を誘って、あそこの研究所を見せてくれたの。なんだか、凄く歓迎されて。相談料までいただいたんですよ。何の相談だったのかしら。アメリカの話も、沓掛さんから聞いたのです」

「では今回の深川先生のことも、沓掛さんから連絡があったのですね？」西之園は尋ねた。

「ええ」

「彼は、何と言っていましたか？　驚いていましたか？」

「驚いていました。だから、私にまで知らせてきたんじゃないかしら。いったい、どういうことなんだろうって」

「どういうことなんでしょう？」西之園はすぐに尋ねる。

「さあ……」と言って、言葉を切ったのち、瀬在丸はにっこりと微笑んだ。「でも、どうであれ、自殺は自殺でしょう？」

「それは、まだ捜査中だと思います。もちろん、今のところは、その可能性が高いと聞きました」それは、西之園が愛知県警に電話をして聞き出したばかりの情報だった。「おそらく、事件性はないだろうと」

「私、沓掛さんに話してあげたの、たとえばね、杁州神社で見つかった絵馬は、もしかしたら、深川先生が書かれたものかもしれませんよって」

「え？」

「だって、万年筆で書いてあったのでしょう？　ほかに書くものがあったら、木の板に万年筆で書く？　今どき、万年筆なんか持っている人も、少なくなりましたし」

「それじゃあ、η《イータ》の演出を、深川先生がされたということですか？」

「たとえば、というお話です」

「どうして、そんなことを？」

「実験でしょうね」瀬在丸は言った。「そうしたら、思ったとおり、ちゃんと真似をする人が現れた」

「池で死んだ人が？　でも……、では、もう一人は？」

「あれは、おそらく、ストーカでしょうね。ちゃんと調べた方が良いわ」

「私の親友のアパートだったんです。彼女の部屋のベランダで」

「引っ越すべきです」

「でも、自殺したのだから、もう」

「いいえ、自殺をした人は、そのストーカから、あの場所を紹介されたの。ストーカというのは、見たい人なんです。そのベランダに死体があって、それを発見するところを見たい。そういう嗜好なの。深川先生だって同じだわ。自分が書いたものが、どう社会に影響するのかを見たかった。ネットにあるηを知っていて、でも、誰もそれをしない。そこで、最初の石を投げてみたんじゃないかしら」

「それ、警察に話されましたか？」

「ええ、沓掛さんには」

「友人にも伝えます。引っ越しなさいって」西之園は頭の横に指を当てていた。忘れないようにメモをしたのだ。「そうなると、もしかして、自分のやったことの結果を気にされて、深川先生は自殺されたのでしょうか？」

「さあ、それはどうかしら……。でも、とにかく言えることは、自殺をしたのですから、自殺をしたい個人的な理由があったのでしょう」悠長な口調で瀬在丸は語った。

「それが具体的なものであれ、抽象的なものであれ、また、一般的に見て、大きなものであれ、小さなものであれ」

「たとえば、どんな？　お会いになったときに、そんな様子が窺えたのでしょうか？」

「全然」瀬在丸は首を左右に振った。「突然自殺する人って、珍しくないわよ。私だって、明日あっさり自殺しているかもしれません。人間なんて、そんなものではありませんか？　今日大丈夫だから、明日も大丈夫だなんて、約束はとてもできないでしょう？」

「ええ、でも……」

「たまたま、あのとき、私たちのまえでは、何事もなく振る舞っていたのかもしれません。それとも、あのあとで、なにか死にたくなるような事態に陥ったのかもしれない。死んだ人に対して、どうして死んだのだろうって考えるのは、生きている人の勝手だけれど、そうすることで、死んだ人が浮かばれる、なんて考えているのかしら？」微笑みながら、また瀬在丸は首をふった。「全然、無関係でしょう？　死んだ人間はもういないのです。単なる物体に還ったのですから、なにをどうしても、影響はありません。まるで、殺人を犯した人間に対して、どうしてそんな真似をしたのかって、その動機を問うようなものね。いくら、理由をきき質《ただ》したところで、失われた生命には関係がない」

「遺された者には、それが大事だと思うんです」

「どうして？」

「どんな理由で死んだのか、どんな理由で殺されなくてはいけなかったのか、知りたいです。だって……」

「理由を知って、後悔をしたいの？　そんなことだったら、こうしておけば良かった、こうしておけば死なずにすんだのにって、悔しがりたいの？」

「いいえ」西之園は首をふった。視線を池面に落とす。

後悔したい？

悔しがりたい？

もしかして、そうだろうか？

「ごめんなさい、わからなくなりました」彼女はとりあえず、答えた。それ以外に言葉が見つからない。

既に、深川の自殺について考えているのではなかった。頭の中にあるのは、両親を失った高校生のときの自分である。あのときには、たしかに理由なんか知りたいとは思わなかった。そんな余裕がなかったからだ。自分が生きていくだけで精一杯。よく死なずにすんだと思う。今考えても、死ななかったことが奇跡的だと感じられる。

なんとか生き延びて、そして今になって、
あの事故の理由で、心を動かされている。

何だろう？

何故、理由を求めるのだ？

理由を知りたい？

知ってどうする？

どんな理由ならば満足できる？

否、満足など絶対にない。

どんな理由も、結局は拒否するだろう。

それなのに……。

何故？

何故だろう？

「そんなに、深刻になる問題ではない、と私は思うの」瀬在丸はゆっくりとした口調で言った。「死ぬことって、それほど特別なことかしら？　そうじゃないわ。本当に、身近なことなんですよ。涙を流すことって、特別なこと？　ドラマや映画を見たって、すぐに涙が出ます。本当に、日常的なことじゃない？　別れは毎日ある。生命は刻一刻どんどん入れ替わっている。人間よりも、もっともっと短い時間しか生きられないものが沢山あります。今鳴いている虫は、もう明日は死んでいるのよ。それが虚しい？　でも、普通のことでしょう？　とても平和で、穏やかなことなんです」

「はい」西之園は顔を上げた。「それは、少しですけれど、最近になってわかりました」

「まだ、若いのだから、死が遠いと感じるのも、無理はありません。私くらいになったらね、もういつ死んだっておかしくないんだから」瀬在丸は笑う。「ですから、自殺についても、そんなに不思議なことではないと私は理解しています。なかには、生きることに執着する人もいますけれど、それとまったく同じレベルで、反対の道を選ぶ人もいる。つまり、どうせ一度死ぬのならば、自分で今と決めて死にたい、と考えるのね。そう、たとえばね、立っている場所がもうすぐ崩れ落ちるというとき、崩れるぎりぎりまで待つ人と、自分からジャンプして落ちていく人がいるんじゃない？それだけの違いでしょう？どちらも生きたのです。一回生きて、一回死んだのです。同じじゃありませんか？」

瀬在丸紅子のその言葉が、西之園萌絵のメモリィに焼き付いた。研究室でディスプレィを見つめている目が、気がつくと焦点を外している。

一回生きて、一回死ぬ。

自殺は、自分を殺すこと。殺人は、他人を殺すこと。そのいずれもが、殺す理由は、殺した者の理屈であって、死んだ者の理屈ではない。死んだ者には、死ぬ理由はなかった。

生まれるときだって、生まれた者には理由がない。生まれる動機はない。

病気や事故で死ぬ場合も、それは同じ。

たしかにそう。

けれど、たとえばここに、殺した本人がいる。殺人を犯した人間がいる。そんな場合、その人間に対して怒りを感じるのは、やはり、なんとか失われたものを取り返したい、という理不尽な願望によるものだ。

自殺をする人だって、ロープを首にかけた直後に、しまったと後悔したかもしれない。でも、間に合わなかった。

殺人を犯す人だって、ナイフを振り下ろした直後に、やめておこうと改心したかもしれない、でも、間に合わなかった。

わからない。

どう考えれば良いのだろう?

ただ、失われた生命を思うとき、もう会えない、そして、今もし生きていたら、と想像するばかり。

否、そんな想像さえも、すぐにしなくなるだろう。

そうではない。

いつも思い出すのは、もっと昔のことだ。

ずっと昔のこと。

みんなが生きていたときのこと。

自分はまだ子供で、父も母も若かった。

父は優しく、母は美しかった。

すべてが誇らしかった。

そんな楽しかった時間が、ただただ思い出されるだけだ。

今、父と母が生きていたら、なんて考えない。

もう、その望みは、完全に消えている。自分の中では処理がされている。自分がここに存在するのと同じくらい確かなこととして、父と母が存在しないことを理解している。

だからこそ、楽しい思い出に涙が出るのだ。

ディスプレィに焦点を戻す。

涙が出そうな気配もあったけれど、深呼吸をして誤魔化した。ほかのデスクを見渡すと、留学生の李《り》が資料を広げて読んでいる。それに顔は見えないけれど、山吹早月がキーボードを叩いていた。

椅子を回転させ、窓の外を眺める。空はモノトーンで、雲が一つもなかった。

自分は、どんなふうに死にたいのだろう、と思った。

そんなことを考えても、しかたがないか。

後ろでドアの音。誰か入ってきたようだ。

でも、西之園は、ずっと窓の外を眺めていた。

ああ、気持ちが良さそうな天気。

ちょっと、散歩でもしてこようかしら……。

肩を叩かれたので、そちらを見る。

国枝桃子が立っていた。

「あ、先生」西之園は慌てて、躰の向きを戻す。

「忙しそうね」国枝は言った。もちろん皮肉である。「話があるから、来て」

「はい」西之園は立ち上がった。

4

国枝は返事も待たず、さっさと自分の部屋へ戻っていく。山吹が「い」を発音する口の形で西之園を見つめていた。チンパンジィの真似がしたいわけではないだろう。

西之園は、遅れて国枝の部屋に入った。国枝は、デスクの向こう側に腰掛けたところだった。

「何でしょうか？」

「座って」

西之園はデスクの手前の椅子の一つに腰掛けた。一対一でゼミをするときと同じフォーメーションである。

「幾つかあってね」国枝は無表情だ。「一つは、貴女の博論だけれど、今までのところで、もう書いて」

「え？　書いて、ていうのは……」

「書きなさい、というアドバイス」

「え、だって……、まだ私Ｄ２ですけれど」

「書きなさい、という指導」

「ああ、そうですか。えっと、いつ頃までに？」

「そうだね、二週間もあったら書けるんじゃない？」国枝は首をほんの少し横に倒した。

「二週間、いつから、二週間ですか？」

「今日からとは言わない」

「はい」

「まあ、明日か、明後日から」

「え！」西之園は驚いた。「そんな……、なにも整理せずに？」

「だから、今までのところで、と言ったでしょう？　既に論文にしたものだけ。ドクタ論文には、審査論文として既発表の内容しか盛り込めない」

「はい、それは知っています。でも、このまえ投稿した論文もまだ、審査結果が返ってきていません。それが、論報に書いた最初の一編です。最低二編は論報に掲載されないと駄目だと聞いていますけれど」

「さっき、内々にメールがあって、その論文は大丈夫、通る」

「通る？　あ、採用されたのですか？」西之園は急に嬉しくなった。「審査された先生からメールがあったのですね？」

「そう」国枝が頷く。

「もしかして、犀川先生だったのですか？」

「違うよ。そんな身内が審査するわけないだろ」

西之園が書いたその論文では、連名者は国枝桃子だけだった。犀川が連名を断ったからだ。

「一編だけだけれど、あれは、二編の価値があるし、今までの犀川先生との連名のものもあるから、合わせ技でなんとかできると思う」

「はあ……」西之園は頷いた。なんとかできるというのは、学内の博論審査委員会でなんとかできる、という意味のようだ。「あ、でも、N大に提出するのですよね？」

「もちろん」

「それじゃあ、審査委員会の主査は犀川先生ですよね？」

「もちろん」

「犀川先生が、そうおっしゃったのですか？　合わせ技でなんとかできるって」

「そうだよ」国枝は簡単に頷いた。「私がそんなこと言うと思う？」

「犀川先生がそんなことおっしゃったのですか？　どうして？　何故、私に今朝、言わなかったのかしら」

「知るか、そんなこと」国枝がむっとした顔で顎を上げる。

「あ、あ、すいません」西之園は頭を下げた。「でも、どうして、そんなに急ぐのですか？」

「それが二つめ」国枝がメガネを指で直す。「W大から、助手に君を欲しいと言ってきた」

「東京の？」

「博士を取っていけば、私学だから、たぶん二年後には助教授、ああ、準教授っていう名称に変わるかもしれないけれど」

「えっと、行くのは来年度から？」

「そう」

「ああ、どうしよう。東京ですか……」

「まあ、良い話だと思うよ」国枝は言った。「私だったら、行くけれど」

「はい」西之園は頷いた。「ちょっと、考えさせて下さい」

「考えないで、返事をしたら？」

「そんなに急ぐのですか？」

「いや、数日の猶予はある」

「わかりました。二十四時間以内に返事をします。なんか、急なお話なので、ちょっとびっくりしてしまって」

「こういうことで迷っていると、チャンスを逃すからね」

「はい、ありがとうございます」

「あと、二つ」国枝はまたメガネに触った。「山吹君は、どう？　ドクタに上がりそう？」

「さあ、聞いていませんけれど」

「テーマは面白いんだけれど、あの子、やっていけるかな？」国枝はきいた。

その疑問は、国枝桃子にしては珍しいものだ、と西之園は思った。自分に意見を求めている。山吹のテーマは西之園の方が近いからだ。しかし、そんな相談をされるなんて、これまでにはなかったことだった。

「研究者として、という意味なら、やっていけると思います」西之園は答えた。「これから、だんだんエンジンがかかってくるタイプです」

「うん」国枝は口もとを緩める。「だと良いね。わかった。できたら、N大のドクタに入れたい、と思っている。本人にその気があればね」

「では、私から勧めても良いですか？」

「自由」

「きっと、行くと思いますよ」

「もう一つ。これは、全然関係のない話だけれど……」

「はい」

「深川先生、どうして自殺したの？　なにか聞いていない？　警察から」

「いいえ、まだ、そんな……」

「自殺したことは確か？」

「それも、捜査結果はまだみたいです。でも、状況は明らかに自殺で、不審な点はなかったようです。遺書らしいものも、ご自宅で見つかったそうですし」

「ああ、そうか」国枝は頷いた。「いや、やっぱり、教室会議とかでも話題になってね。もちろん、貴女から聞いたことは話さないから、安心して」

「国枝先生も、世間擦れされましたね」西之園は微笑んだ。

「よくこんな話題で笑えるね、貴女」

「すみません」西之園は上目遣いに国枝を見た。

「どうして、あんな、η《イータ》なんて書き残したわけ？」

「さあ……」西之園は首を傾げた。

国枝がじっとこちらを見据える。

沈黙。

「うん……、聞いた私の方が変」国枝が視線を逸らし、溜息をついた。「もう良い。終わり」

「あのぉ、一つ質問が」

「何？」再び鋭い視線で睨まれる。

「国枝先生が今、W大に来ないかと誘われたら、どうされますか？」

「もちろん行くよ」

「でも、旦那様は、こちらです。那古野からは離れられませんよね、仕事があって」

「何が言いたいの？」

「どうされます？」

「べつに」

「まだ、結婚されているんですか？」

「あいにく、まだ」国枝は答えた。
西之園は吹き出した。
「ありがとうございました」立ち上がって彼女は頭を下げた。

エピローグ

ザムザ氏は椅子にかけたままふたりのほうへ向きなおり、しばらく静かにふたりの様子を眺めていたが、やがてこう言った。「さあ、もういいだろう。過去は過去さ。わしのことも少々はかまっておくれ」


反町愛と金子勇二は、新居のマンションを契約し、そこで同居することになった、と電話で伝えてきた。

「あらまあ、凄い」西之園は言った。「どこ?」

「えっとね、北区。ちょい大学が遠なったでいかんけど」

「金子君どうするの? 会社辞めちゃうわけ?」

「なんかね、辞表を持ってったら、ひとまず、休職にしてもらえたらしいのね。うん、こちらの支店の勤務になる可能性が高いって」

「まあ、彼だったら、どこでもすぐに雇ってくれるでしょう。優秀だから」

「別に働いてくれんでもいいんだよね。私が食べさせてあげるって言っとるんだけど」

「それは無理なんじゃない？　男なんだから」

「あ、そういうもん？」

「わかりません。そんな経験ないから」

「で、論文は、どう？」

「もうちょっと。でも、なんとかなりそう。あと一日かな」

「頑張って。ちゃんと寝とる？」

「寝てないよう。もう、どうしてこんな目に遭うのかしら。死にたいくらい」

「萌絵もな、たまには苦労をしなかんわさ」

「私、苦労していると思う、けっこう」

「なんていうか、精神的なものでなくて、肉体的な苦労だわさ、あんたの人生に欠けとるのは」

「それは、できれば避けたいところ」

「避けれん避けれん、それが人生だがね」

「ああ、とにかく、落ち着いたら、またゆっくり、ね」

「ほいじゃねぇ！」

「良いなあ、幸せそうで」

「がはは」

「信じられない」

「バイバイ」

「じゃあ、また……」

電話で話したことは誇張ではなく、この一週間ほど、ほとんどベッドで眠っていない。ずっと、コンピュータの前に座っている。電子音に気づいて目を覚ますと、キーボードを頭が押していた、という事態がもう三度も。

それでも、二週間で、と国枝が言った仕事を、彼女は一週間でほぼ片付けつつあった。

論文を提出すると、審査委員会が二ヵ月かけてそれを審査し、そのあと、教室会議、そして教授会で審議される。結果が出るまでに最低限でも四ヵ月は必要なのだ。今年度中に学位を取得するためには、逆算すると今が締切になる。

しかし、こんなことでもなければ、自分はいつまで経っても論文をまとめることはできないのではないか、とも彼女は考えた。学会誌へ発表する論文だって、国枝に脅されなければ、書けなかったにちがいない。騎手が鞭を振らなければ、走らない馬みたいなものだろう、と想像する。

とにかく、そんな無駄なことを考えている暇も今はない。N大の院生室で、彼女はまたディスプレィに集中する。もう、部屋には誰もいなかった。夜の十一時である。犀川もいないはず。

デスクの上、キーボードのすぐ横で、携帯電話が振動した。また反町か、と思ったが、画面を見ると自宅からだ。諏訪野《すわの》である。

「はい」電話を開いて彼女は応える。

「お嬢さま、今夜は、お帰りになられますか?」静かな諏訪野の声だ。

「駄目、帰れない。もう、ほんの六時間か七時間、いえ、七時間三十分かな。邪魔が入らなければ」

「そうですか。では、お躰に充分ご注意下さい」

「トーマね、大丈夫? お医者に連れていった?」

自宅で飼っている犬の名である。数日まえから具合が悪い。帰ってやれないので、気にはなっていた。

「はい。やはり、食欲があまりないようです」

「もう歳だからね、しかたがないかも」

「さようでございますね。はい。こればかりはいたしかたがないものと。私めももう長《なご》うはございません」

「諏訪野のことじゃないよ」

「いえいえ、同じでございます」

「ちょっとちょっと、今忙しいの。ちゃんと、明日は帰りますから」

「お待ちしております」

電話を切った。

「もう……」彼女は溜息をつく。

私に甘えているのかしら？

もしかして、そうかもしれない。

知らないうちに、自分は大人になった。頼られるようになったみたいだ。重荷ではない。けれど、期待されるほど自分がしっかりしているようには思えない。その不安は少し感じる。

それから、またしばらく仕事に集中した。雑念は消え、深い思考空間へ自由落下していく。

その浮いているような感覚のまま、文章を書き続ける。そして、図面をピックアップし、リストにし、それらをレイアウトしていく。

ときどき、呼吸をした。

そして、ときどき、髪を払った。

目を擦った。肩や首が痛い。

気がつくと、震えるほど寒かったので、ストーブの側へ行って躰を温めた。そして、毛布を探す。ソファのところにあった。誰のものかもわからない。

その毛布を肩にかけて、また席に戻って作業を続ける。

しばらくぶりに深呼吸をして、ファイルをセーブした。時計を見ると、午前六時十分。予測よりも二十分早かった。

まだ、窓の外は暗い。

そのとき、通路で足音がして、ドアが開いた。

顔を出したのは、犀川創平だった。

「あ、先生」西之園は立ち上がった。「おはようございます。今、できました」

「うん、そろそろできる頃だと思ったから、出てきた」

「え？　あの、まだ見直していません。先生のところへは、午後に持っていこうと思っていました」

「いや、そのファイルで良い。送ってくれ。さきに見る。君が直すのは、そのあとで。それより、一度、帰った方が良いね」

「え、どうして？」

「トーマが具合が悪い」

「ああ、そうなんです」西之園は頷いた。

「運転、大丈夫？」

「大丈夫です。それじゃあ、ちょっと帰ってきます。すぐに戻りますので」

「僕が読んで、直すのに、たぶん八時間はかかる。午後二時すぎで良いよ、出てくるのは」

「ありがとうございます」

西之園は、さっそくファイルを幾つか犀川のアドレスへ転送した。そして、コンピュータをスリープさせ、研究室を出た。犀川の部屋は、通路の向かい側である。通路は、前も後ろも真っ暗だ。明かりが漏れているのは、院生室と犀川の部屋だけだった。

早朝の道路は空いている。十五分で自宅に到着した。

玄関を入ると、諏訪野が出迎える。いつものような笑顔ではなかった。無言である。

「どうしたの？」ブーツを脱ぎながら、西之園は振り返る。「トーマは？」

「さきほど、珍しくフードを食べ始めたので、安心いたしましたが、食べている途中で、ばったりと倒れまして……」

「え？」驚いた、彼女は立ち上がる。

キッチンだった。トーマが横に脚を投げ出して倒れていた。躰にタオルがかけられている。

既に二週間ほどまえから、目が見えていない様子だった。彼女が撫でてやると、いつもよりずっと甘えてきたのだ。

「獣医に電話をかけましたところ、動かさない方が良いと言われました」

「もう駄目だって？」彼女はきく。

「はい……、このまま連れていったときも、薬もなにも、もう与えるものはないと言われました」

床に寝そべっているトーマに彼女は触れた。

まだ温かい。

その場に横になり、トーマの胸の上に彼女はそっと自分の耳を寄せる。

「まだ生きているわ」

心臓が動いていた。

ときどき痙攣をした。

もう目は動かない。

もう手足も伸びきったままだった。

「トーマ？　大丈夫だよ」彼女は囁く。

撫でてやった。

「いい子ね。待っていてくれたのね」

そうして、一時間ほど、彼女はその場に横になっていた。疲れてはいたけれど、眠ることもなかった。涙はどれだけでも出る。不思議なくらい抵抗なく、静かに泣くことができた。

途中で、諏訪野がお茶を運んできたが、彼女はそれを断った。自分が離れたら、そのときにトーマが逝ってしまうのではないか、と思えたからだ。

そのうち、動かないトーマの顔が、幸せそうに、楽しそうに、笑っているように見えてきた。

その顔を、彼女は何度も繰り返し撫でた。

「大丈夫よ、うん、もう良いのよ」

最後に、一度だけ小さく震えたあと、心臓は動かなくなった。

しばらく、じっと、その静けさを彼女は聞いた。

彼女の涙で、トーマの毛が濡れていた。

「ありがとうね……、ありがとう。本当にいい子だったわ。ごめんなさいね、寂しかった?」彼女はまだトーマを撫でている。

もう死んでいる、とわかった。

もう声は届かない。

でも……。

「ありがとう。ずっと一緒だったよね。私、全然、余裕がなかった。駄目な飼い主だったよね。ずっと、お母様やお父様と一緒に、トーマを撫でてやれたらって、考えていた。でも、あなたには、そんなことわからなかったんだ」

けれども、どれだけのものを、トーマから自分はもらったのか、と西之園は考えた。それは素晴らしい。

「ありがとう、トーマ」

顔を離し、彼女は溜息をついた。

「お嬢さま、お休みになられた方がよろしゅうございます。もう、充分でございましょう」諏訪野が言った。

床に置かれたお茶に手を伸ばし、冷たいそれを彼女は飲んだ。

「涙の分だけ、水分を補給しなきゃ」そう言って、彼女は諏訪野に微笑んだ。「良かった。安らかに……。ご飯を食べて倒れるなんて、この子らしいわ」

「さようでございますね」

「諏訪野も疲れたでしょう? もう休んで」

「いえいえ、お嬢さまこそ」

「ねえ、私、今度の四月から、東京で暮らすことになりそうなの。諏訪野はどうする?」

「は？　それは、本当でございますか？」

「ええ……。ここにいる？　それとも、もう仕事なんか辞めて、自分の好きなことをする？」

「私は、もう充分に自分の好きなことをさせていただいております」諏訪野は言った。

「ここに一人残りましても、もうトーマの世話もできません。仕事はございません」

「じゃあ、どうする？」

「もし、差し支えなければ、私も東京にご一緒したいと存じます。しかしながら、もしも、お嬢さまが、私めを足手まといだとお感じになられますならば、それはその、いたしかたのないところであろうかと……」

「足手まといなんて思いません。そうね、それじゃあ、行きましょう、一緒に」

「承知いたしました」諏訪野は頭を下げた。

西之園の片手は、まだトーマを撫でている。

彼女はもう一度横になって、トーマの胸に頬を寄せた。何度口にしても足りないと感じる言葉だった。

「ありがとう」

冒頭および作中各章の引用文は『変身』（フランツ・カフカ著、高橋義孝訳、新潮文庫）によりました。

N.D.C.913　270p　18cm

定価はカバーに
表示してあります

KODANSHA NOVELS

η《イータ》なのに夢《ゆめ》のよう

二〇〇七年一月十一日　第一刷発行

著者—森《もり》 博《ひろ》嗣《し》

発行者—野間佐和子

発行所—株式会社講談社

東京都文京区音羽二‐一二‐二一　編集部〇三‐五三九五‐三五〇六
郵便番号一一二‐八〇〇一　販売部〇三‐五三九五‐五八一七
本文データ制作—講談社文芸局DTPルーム　業務部〇三‐五三九五‐三六一五

印刷所—凸版印刷株式会社　製本所—株式会社若林製本工場

ISBN978-4-06-182514-7